警視庁監察官Q　ZERO

鈴峯紅也

朝日文庫

初出「web TRIPPER」
二〇二二年十一月二十四日～二〇二三年六月二十九日

警視庁監察官Q　ZERO

一

平成十六年（二〇〇四年）は、アテネ・オリンピックが開催された年だった。水泳金メダリストの「チョー気持ちいい」は後日、ユーキャンの流行語大賞の年間大賞にもなる。

総じて、世相としてこの平成十六年は、平和裏に過ぎた一年、ということになるだろうか。

イラク戦争初期の頃でもあり、ワールドワイドには中東に不穏の種は尽きなかったが、日本国内は悲喜こもごも、幸不幸の泣き笑いが実に平均的な年だった。

プロ野球では中日が六度目のリーグ優勝を果たし、対するパ・リーグでは西武がプレーオフを制し、体育の日に二年振りのリーグ優勝を決めた。

そんな年の十月半ば、十二日のことだった。

この日は朝から秋風がそよ吹く、気持ちのいい一日だった。

それでも紅葉にはまだ早いようで、本郷通り《ほんごうどお》りに並ぶ植栽も、通り向こうの東京大学構内に聳《そび》え立つような樹木も、そのすべてが鮮やかな緑だ。

時刻は、もうすぐ午後三時半になろうとする頃だった。

そのとき、陽《ひ》が傾き始めた本郷郵便局前の歩道を、一人の男が歩いていた。

男は数分前に近くのコインパーキングに車を停《と》め、何かの紙片を片手に歩き始めたところだった。

黒の濃い上等なスーツに身を包み、少し浅黒い顔は日焼けサロンの賜物《たまもの》か。一見するとマル暴にも見えなくはないが、クールグリースを付けたアイビーカットにはそこはかとない清潔感があった。

二十九歳の年齢は、まだ青年と言っていいだろうか。

一八〇センチちょうどの筋肉質な身体《からだ》を丸め、紙片に目を落としつつ歩く姿は傍《はた》から見れば間が抜けても見えるが、本人の表情はいたって真剣だった。

郵便局を過ぎて、青年は紙片から顔を上げた。

「まったく、わかりづらいな」

嫌味のない声でそう言い、青年は本郷五丁目〈赤門前町会〉の掲示板の前に立った。

紙片は、この日の午後イチに立ち寄った東大の駒場《こまば》キャンパスで、とある部室にいた現役生から貰《もら》った手書きの地図だった。正確には、そのカラーコピーだ。

〈私の居場所・本郷・2〉

表題にはそう書いてあった。

文字はなかなか達筆だった。ただし、えらく簡素な地図は恐らく、縮尺は適当で要らない道は割愛で、目印と矢印ばかりが目立つものだった。

〈赤門前町会〉の掲示板は、地図に示された目印の一つだ。重要、という添え書きがあった。

「ふむ」

青年は地図の矢印に従い、掲示板の手前を右に折れた。

入り込んだ一方通行の道は、平成の世のこの都心に、いきなり昭和の原風景が出現したかのような小路だった。本郷通りからひと角曲がっただけで、すでに路地裏の趣が有り有りとしていた。

入って五十メートルも行かない左手に、〈パーマ〉と朱色で書かれた突き出し看板があり、板面の一番下には黒文字で小さく、〈赤門〉と書かれていた。

「へえ」

本郷通りを挟んで、大きな赤門と小さな赤門が存在することになる。

そう考えると声になった。少し笑えた。

〈パーマ　赤門〉の前を真っ直《ま》ぐ進《す》み、青年はさらに五十メートルほど行った三叉路《さんさろ》を、地図を確認しながら左に曲がった。

そこからはまず、十メートルと真っ直ぐに道を歩くことはなかった。

地図を見ては道を折れ、隘路《あいろ》に分け入り、それを繰り返し、眩暈《めまい》を感じるほどに曲がりに曲がった後で、青年はようやく目的地に辿《たど》り着いた。

目前には西陽を浴びる、瀟洒《しょうしゃ》な建物があった。二階建ての割りに見上げるようなのは、一メートルほどの嵩上《かさあ》げされた高台に立っているからだろう。

全体に焼けたような木骨レンガ造りの、アーチ状に張り出したキャノピーを持った、洋館と言って差し支えない建物だった。

敷地をめぐる囲いも腰高までが同様のレンガで積まれ、その上に唐草を模したロートアイアンの柵が並んでいた。唐草に浮かんだ錆《さび》色が、建築物としてこの地に根付いた、永い歳月を物語るように思えた。

洋館はキャノピーの上に、金メッキも剝がれ加減になった中華風の扁額《へんがく》を掲げていた。建物は、少なくとも一階が店舗のようだった。扁額の文字は飾りが多すぎてまったく読めなかったが、〈四海舗《スーハイプー》〉であることは最初からわかっていた。

手書きの地図にそう書き込まれ、花丸で囲いルビまで振ってあったからだ。

青年はゆっくりと周囲を見渡し、目を細めた。

周囲と言っても狭い一帯だが、なぜかその辺りは何軒もの古びた洋館だらけだった。

昭和の原風景を飛び越え、この一帯だけにはそう、はるかに遠い、明治のよき風情があった。

「へえ。意外や意外。大学の近場はだいたい知ってるつもりだったけど、こんなところがあったとはね」

青年の声には、素直な感嘆が聞こえた。

柵と同仕様の門扉を押し開け、スロープから玄関に至る三段の階段を上がる。

玄関にはそこだけ近代的なアルミ製のドアが嵌《は》め込まれ、両サイドに室内が垣間見《かいまみ》える広めのスリットがあった。

ちょうど西陽が差し込んで、中が良く見えた。やはり一階は店舗で間違いないようだった。

内部は右手には冷蔵ショーケースが、左手には常温の陳列棚があった。

ショーケースや棚に、押印された油紙に包まれた大振りの月餅《げっぺい》、トレイに載った芝麻球《チーマーチユウ》、麻花巻《マーファール》、カップに入った杏仁《あんにん》豆腐を見れば、ここが中華菓子の店であることはわかったし、屋号も納得だった。

青年はドアを押し、甘い匂いに包まれた店内に入った。

カウベルの響きが外観に相応《ふさわ》しく、逆に店内の装飾に少し不似合いな気がした。

店内は隅がキャッシャー台になっていて、内側には中華風の、人型の像が鎮座していた。漢服を着た老女のようだが、全体に色褪《いろあ》せていた。木彫りだろうか。

売り場スペースは客が横並びに五人も立てば一杯になるほどだったが、左側の壁際には細い通路があり、鉤《かぎ》の手に曲がって店の奥に入ることが出来るようだった。

そちらに行くと中庭があり、イートインスペースが設けてあるらしい。

壁にそんな説明と太く赤い矢印と、ドリンク類の案内が貼られていた。

「それにしても、誰もいないのかな」

青年はもう一度、陳列棚の向こう側に目をやった。

「いらっしゃいな」

いきなり背後から声がした。

「うわ！」

誰もいないのかと呟《つぶや》いたばかりだ。思わず声になった。

いつの間にか青年の背後に、木漏れ日を浴びた眠り猫のような老婆が立っていた。袖と袴《はかま》がゆったりしたこげ茶の漢服を着た、痩《や》せて小柄な老婆だった。

眠り猫のように見えるのは、目が細いからだと理解するのに数秒掛かった。

このタイムラグは、それくらい動揺していた証拠ではある。

「い、いつから」

「たった今さ。レジの下からだよ。開いてるからね」

青年は、言われてキャッシャー台の方を見た。たしかに台の下が開いていた。

その内側に、置物がなかった。

「あ、あの木彫りの置物」

「失礼な。誰が木彫りだね。こうして生きてるさ。置物どころか、店主だよ」

「へっ？　ああ。これは失礼。私は――」

青年は名刺を差し出した。

「ほう。これはこれは」

一瞥《いちべつ》し、木彫りの置物のような店主は目を細めた。

「我が社のこと、ご存じですか」

聞けば、老女の皺《しわ》だらけの顎が上下に動いた。

「そうさね。これで、生まれてすぐから、七十年近くも東京に生きてるもんでね。繁華街にも知り合いはそれなりにいるさね。そもそも、あたしゃあんたの妹を知ってるしね。二年前まで、よくここに顔を出したもんさ」

今度は青年が頷《うなず》く番だった。

老女が七十歳前だったのかという驚きは、この際省くとする。

「そうでしたか。あいつはけっこう、甘い物もいける口でしたからね。私は、とんと不調法なもので」

「だからここを知らないとか、あたしを木彫りとか置物とかって？」

「ははっ」

「古臭い言い訳さね。それで、何?」

「ああ。これは失礼。実は東大のアイス・クイーンが、こちらでくだを巻いていると聞いたものですから」

「くだを巻いてるかどうかは知らないけど、思い当たるのは奥にいるね」

「有り難うございます。お邪魔します」

「何か頼んでおくれ」

「では、温かいジャスミン茶を」

「持っていくさね」

そう聞いたと思ったときにはもう、老女はキャッシャー台の向こうにいた。鮮やかなものだ。

感心しつつ、青年は陳列棚の向こう側を右手に曲がった。

通路は真っ直ぐ奥に向かい、十メートル以上も続いた。窓は一枚もなかったが、そのせいで廊下が暗いかというとそうでもなかった。適度な照明が効いていた。

恐らくその長く続く右手の壁内が厨房《ちゅうぼう》なのだろう。売り場に比べて、恐らく相当に広いようだ。

奥に進むと、真正面が古い木製の扉になっていた。

青年は、その扉を押し開いた。

秋の風が、頬《ほお》を撫《な》でた。

「へえ」

扉の外はイートインスペース、建物に囲まれたささやかな円形の中庭になっていて、実に興味深い風情を醸《かも》していた。

西に傾いた陽を受けて真半分が朱《あか》く、残りが影に染まって暗かった。上る朝陽の頃には今まさに暗い半分が輝き、朱い半分が眠るように沈むのだろう。

光と影、午前と午後でその反転。陰と陽、生と死、男と女、善と悪、青と赤。

そのど真ん中に、四脚の椅子と一台の円卓が置かれ、こちら向きに一人の女性が座っていた。

手足の長い、若い女性だった。

上背は、見る限り一七〇センチにも近いだろう。目が大きい瓜実《うりざね》の顔に、艶《つや》やかなマッシュボブの髪。袖を捲《まく》った白シャツと黒のジーパン。

全体の印象はボーイッシュにして高校生にも見えるが、現役で東京大学文Ⅰに合格した二年生、つまり今年で二十歳、成人になる女性だということを青年は知っていた。

青年はかつて自分の、五歳年下の妹に説明されたことがあった。

――マッシュボブって、要はさ、〈蛍《ほと》ちゃんカット〉。兄貴、わかる。お笑いのさ。それが、今度の私らの会長でね。

一目でわかった。

言い得て妙というやつだ。

青年は一歩、円卓に近づいた。

怪訝《けげん》そうな顔がこちらを向く、なら反応として普通だが、この女性は違った。

動かない表情に、真っ直ぐこちらを見詰める黒い瞳の輝きが、相反するようで青年には印象的だった。

「君が東大のアイス・クイーン。小田垣《おだがき》観月《みづき》君だね」

表情を変えることなく、ボーイッシュな女性の顔が、ただゆっくりと上下に動いた。

――で、兄貴。私らの会長はさ。

子供の頃のアクシデントが原因で、喜怒哀楽のうち喜と哀の感情にバイアスが掛かり、感情が上手《うま》く表情に出なくなったと、そのことも青年は、妹から聞いて知っていた。

二

「失礼ですけど、あなたは?」

観月は条頭《テイアオトウ》、中華あんこ餅の皿から顔を上げた。

条頭は薄く伸ばした柔らかい餅を細長く切り、あんこを包んだ上海《シャンハイ》の伝統甘味のことをいう。

ここ〈四海舗〉では、五センチほどの長さの条頭が二本一皿で二百五十円だ。甘さと値段がちょうどよく、知る人ぞ知る本郷裏界隈《かいわい》の名物として評判らしい。

観月はちょうど、注文した五皿の条頭を全部食べ終えたところだった。

だから、男に向かって顔を上げた。

これが一皿目や二皿目だったら、全部食べ終わるまで無言で待たせたかもしれない。

いや、間違いなく。

「ああ。ごめんごめん。僕はね。こういうものだ」

〈株式会社　宝生《ほうしょう》エステート　取締役　宝生裕樹《ひろき》〉

差し出される名刺には、そう書かれていた。

「へえ」

要するに、男は宝生聡子《さとこ》の兄ということだ。

兄がいることは、観月は聡子本人に聞いたことがあった。

㈱宝生エステートは、銀座や六本木などの繁華街にビルを十棟ほども展開する、業界でも躍進中の不動産会社だ。オーナー社長は宝生信一郎《しんいちろう》で、筆頭株主がその妻・孝子《たかこ》という完璧な同族会社だが、このことは株価に影響しない。むしろ好感されているというから、経営的には盤石だった。

会社は、四十数年前に飛行機事故で死んだ信一郎の両親が、息子に残した唯一の財産に等しい歌舞伎町の土地に、〈歌舞伎町ゼロ〉と命名したテナントビルを建てたのが創業の切っ掛けらしい。そのすぐ後に〈歌舞伎町ワン〉を仕掛け、成功して社業の基盤が出来上がったという。

当時はバブルに浮かされた時代だった。そんな波にも乗ったというが、信一郎には運も才覚も間違いなくあったようだ。バブル期に発展させた会社を、バブル崩壊後も変わりなく維持したというだけでも、信一郎の経営手腕はわかろうというものだ。

そんな信一郎・孝子夫妻の長男が、今、観月の目の前にいて名刺を差し出した男、宝生裕樹ということになる。

裕樹本人に会うのは初めてだが、観月はその妹の、宝生聡子のことをよく知っていた。

この年で二十四歳になる聡子は、東大経済学部のOGだ。

現役生としてはキャンパスで会ったことはないしそもそも学部も違うが、現在観月が会長を務める〈Jファン倶楽部〉の初代副会長という意味で、要するに聡子は色々な面で観月の先輩だった。

〈Jファン倶楽部〉とは、聡子の代を上限に、小日向《こひなた》純也《じゅんや》というカリスマアイドルのような現四年生が東大に在籍する期間だけ存在する非公認のサークルだ。

つまり、今年一杯が活動限界ということになるが、裏を返せばOGであっても今年一杯は〈倶楽部員〉として現役生と一緒に活動出来るというのが立ち上げ当初からの取り決めだった。

主なサークル活動は月に一度の会合と称する呑《の》み会だが、年に二回だけは純也本人を拝み倒し、同席してもらえることにはなっている。

純也一人に迎合するこの〈Jファン倶楽部〉は、その辺の東大構内に掃いて捨てるほどいる他の凡庸な男どもからはやっかみも込め、最近では〈夢見女の寄合《よりあい》〉などと揶揄《やゆ》されてもいるようだ。

気にはしないが、そうした言動を見つけたら起こす行動は暗黙の了解で会員内に浸透していた。

〈泣くまでぶちのめす〉

ちなみに、このバイオレンスなテーゼというかテーマを掲げた倶楽部の初代会長は、宝生聡子と同期の、大島楓《おおしまかえで》という先輩だった。

楓は観月と同じ文Ⅰから法学部のＯＧで、現在は厚労省医薬食品局安全対策課に勤めるバリバリのキャリア女子だ。どちらかといえば観月にとっては、聡子よりこの楓の方が直上の先輩ということになる。

ともかく、そんな関係で聡子とも楓とも、観月は今でも定期的にこの会合という名の呑み会で顔を合わせていた。

主には女子だけの、赤裸々な呑み会だ。大きな声では言えないが、たいがいが酔っ払って騒ぎ、最後は白馬の王子と駄馬の見分けもつかないほどに喚《わめ》き、呻《うめ》き、見分けがつかないと大泣きする奴も出る。

〈夢見女の寄合〉という呼称は、あながち的外れではないと、観月もそんなわけで月に一度は思い知らされている今日この頃だった。

差し出される名刺に一瞥をくれ、

「もういいですよ。覚えましたから。勿体《もったい》ないです」

と言うだけで、観月は手を出さなかった。

警戒したわけではない。

聡子の兄だということはわかった。その分、口調はフランクになった。だからこそ、無駄は省こうという気にもなるというものだ。

「ふむ。結構。エコロジーだね」

裕樹は頷き、名刺を仕舞った。

「駒場の方かと思って、まずはむこうのキャンパスプラザB棟の、なんて言ったかな。君が部長のテニス・サークル」

「ブルーラグーン・パーティです」

「ああ。それそれ。加賀美《かがみ》が作ったサークルだよね。当時は部室どころか、そもそもキャンパスプラザ棟もなかったけど」

「そうですけど。加賀美？　うちのサークルのこと、よくご存じで」

「最近のサークル事情については妹に聞いた。まあ、妹だけじゃなく、実は僕も卒業生でね。ブルーラグーンはさ、在学当時、同期の高飛車女が作ったサークルだ。だから存在は覚えている。あんたもなんかやりなさいよとか、もの凄《すご》い上からの目線で言われてね。悔しいから僕も作った。ベンチャー・クラブって言って、これもまだあると思うけど」

「ああ。ありますね」

「おっ。知ってるのかい？　嬉《うれ》しいね」

「直接じゃないですけど。だから、知ってるってほどじゃないですね」

端的に言った。まどろっこしい話は嫌いだ。というか、出来ない。

「まあ、そうか。地味なサークルだったし。作ったはいいけど、加賀美にもそう言われたっけ。――おっと。話がそれた」

裕樹は肩を竦《すく》めた。

「とにかく、君のとこの部室に顔を出したんだ。そしたら、そこで煙草《タバコ》を吸ってた奴がバタバタしながら、部長はこっちだと教えてくれた」

「煙草？」

観月は裕樹の言葉を聞き咎《とが》めた。

「あの部室、火気厳禁で煙草は以《もっ》ての外なんですけど」

「あ。そうなの」

「どんな奴でした？」

「どんなって、そうだね」

宝生は斜め上に顔を上げ、すぐに戻した。

「ちょっと太めだったかな。それでジーパンで。申し訳ないけど思い出せるのはそれだけだ。なんかバタバタしながら、本人がそのままバタバタバタバタって口にしててさ。それがあまりに面白くて、他の印象が全部飛んじゃってね」

十分だった。観月は頭を下げた。

「了解です。心当たりは一人しかいません。有り難うございます」

「おや？　なんか、告げ口のようで気が引けるけど」

裕樹は、観月の向かい側の椅子を引いた。

「それにしても、不思議な店だ」

言いながら座って、裕樹は中庭の周囲を見渡した。

「二年の今なら、前期課程の四学期が始まったところだよね。それでもう本郷に、しかもこんな風変わりな店を知っているとは、素早いね」

「色々と多方に縁がありまして。特に、東大病院には入学当初から」

「病院。ああ、失礼ながら、聡子から聞いているよ。脳外だっけ？」

「いえ。精神神経科です。でも、行くたびに盥回《たらいまわ》しにされてますから、脳外にも。まあ、そんなこんなで、そっちが〈私の居場所・本郷・1〉ですね」

「へえ。失礼ついでに言わせてもらうけど、隠そうとしないのはいいね」

裕樹は頷いた。かすかに微笑《ほほえ》んでいたかもしれない。

洒落《しゃれ》た反応だが、観月がわかるのは動作として、あるいは理屈としてのみだ。深いところはわからない。自分が出来ないのだから、わかるわけもない。

表情を作るのは苦手だ。

自然な表情は、もっと苦手だ。

というか、今のところ不可能だ。

「強い生き方だと思う。実に堂々としている。いいね」

観月は首を傾《かし》げた。

「それ、褒《ほ》めてますか？」

「そのつもりだけど」

「すいません。そういうのがあまり、よくわからなくて」

そこへ、店主である金村松子《かねむらまつこ》が、クリスタルのカップに淹《い》れたジャスミン茶を運んできた。

目が眠り猫のように細く、ひっ詰めた半白髪で顔も細く、唇は薄いが大きめの口。

そんな風貌で漢服を纏《まと》うと、怪しい呪文が相応《ふさわ》しい気もするが、口から出た言葉は普通に、「お待ちどおさん」だった。

裕樹と観月の会話がいったん止まる。

松子が去るまでの間、裕樹の目は真っ直ぐに観月を見て動かなかった。

人に依《よ》らずいつも通りの、観月にとってはわかっていた反応だ。

観月の無表情に、初見の人間はたいがいがそうなる。

好奇、興味、注意、注目。

「それにしても本当に素っ気ないね。聞いてはいたが」

出来たら配慮の目も欲しいところだが、慣れてはいた。気にしない。

「で、その聡子先輩のお兄さんで本人も先輩のお兄さんが、私になんの用ですか?」

「ああ」

裕樹は円卓に肘《ひじ》を突いて身を乗り出した。

「実は、君に頼みたいことがあってね。もちろん、タダでとは言わないよ」

「私に?」

無表情に返す。返すしかない。疑念はあるが、表情は動かない。

場に即した表情を即座に作るのは難しい。だから苦手だ。

「でも、私に出来ることなら、たいてい聡子先輩の方が狡猾《こうかつ》に、いえ老獪《ろうかい》に、おっと」

いけない、いけない。

表情は作れなくとも、口は滑るものだ。昔からよく言われた。

「とにかく、聡子先輩に頼めばいいんじゃないですか？」

「それは、君も知っているだろ。聡子はほら、か弱いから」

観月は目を細めた。

呆《あき》れる、という感情は失っていない。

失っていなければ顔にも出る。

少しだけだが。

「兄馬鹿、という人種を生まれて初めて見ました」

「いやいや。これは言葉が足りなかったかな。君と比べて、という意味だ。病院の脳外のことだけでなく、君のことは色々と聡子から聞いている。それに、頼みたいことは僕と聡子の両方が関わっている店のことでね」

「店？　ああ」

この年に入って、聡子から〈夢見女の寄合〉、いや、〈Jファン倶楽部〉の会合の席で聞いたことがあった。

——去年の年初までにさ。〈銀座スリー〉の最上階が三か月以上空いちゃってね。けど、なんか、すぐには借り手がつかない感じでさ。だから空いちゃったんだろうけど。会社の取締役会でも、パパはこれ以上の値下げはごめんだって言って譲らなかったし。やっぱり、バブルの頃の景況感も賃料も、もう有り得ないわね。

〈銀座スリー〉は文字通り、宝生エステートが銀座に持った三番目のビルだ。フォーはまだない。つまり、スリーは銀座で一番新しいテナントビルだ。その最上階は銀座における、宝生エステートのシンボリックフロアということになる。

バブル崩壊後の冬の時代からようやく景気が回復基調に転じたと、経済指標上はそんなことを言われ始めたが、まだまだ実感には乏しい時代だった。

宝生エステートの持ちビルも、欠けた櫛《くし》の歯のように全棟全フロアが埋まっているわけではない。

が、特にシンボリックフロアである〈銀座スリー〉の最上階が空くことは、宝生エステートのCIイメージからも決していいことではなかった。

——パパは貸主の、なんていうの？　暗黙のルール、仁義？　それで、直《じか》に店舗運営に手は出せないって言うか、出さないって言うか。だからさ。兄貴と組んで、宝生エステートから独立してさ、別の会社を立ち上げたの。ナイトクラブの企画運営の。ノウハウから何から、全部一からだけどさ。とにかく、これはその記念すべき一号店。中期的には宝生グループ全体の売り上げの三パーセント、長期的には十パーセントまで狙ってるんだから。だからさ。

頑張るわよ、と言って聡子は右手に拳を握った。

そのまま拳を突き上げながら、聡子はお店の名前を高らかに宣言、いや、宣伝した。

三

「たしか、〈蝶天《バタフライ・ヘヴン》〉とか」

「よく知ってるね。ああ。聡子か」

裕樹は頷いた。

「そういうことでね。最初からこの頼み事は、聡子には不向きなんだ。面は割れてるって言うのかな。それでね。ふと聡子から聞いた君の存在を思い出した。だからこれは、僕の独断だ」

「なるほど」

「そこでだ」

ようやく話は本題に入ろうとする感じだった。少し身構える。

なんであれ誰であれ、まず聞く耳は持つべきだと、これは和歌山にいる父に教わったマナーだった。

「どうだろう。うちの店で、キャストとして働いてみないか」

「――えっ。キャストってあの、接待？ ドレスの？ 髪、クルクルの？」

よくわからなかった。

「それに私をスカウトですか？ 私を？ キャッチセールス？」

「おっと。すまない。また言葉が足りなかったかな。働きつつ周囲に気を配って欲しいというか、調べてくれれば有り難いと、そんなふうに思っていることがあってね」

「――本当に。お兄さんは言葉が少しずつ足りませんね」

「よく言われる。内容飛ばしだと」

苦笑い、あるいは照れ笑いを漏らした。

観月にはよくわからないが、裕樹は〈そんな顔〉でジャスミン茶を飲んだ。

それからカップを置き、最近、店の女性がよく辞めるようになってね、と言った。

「しかも、グループリーダーの娘《こ》までが何人も。細かい話は省くが、うちの店に何か、そう、根本的な欠陥があるなら、とね。その辺を調べてもらって、――いいや。大げさだな。誰かに一人のキャスト目線で、うちの店を見分して欲しいと思った。そのくらいかな。難しく考えなくていい」

「はあ」

その後、〈蝶天〉の経営方針とキャストたちの関わり方を聞いた。

その最後に、

「夜の蝶は店から店へ飛ぶ。実はその蝶が羽を止める園、そんなつもりで店名を付けた。だからどちらかと言えばね、〈蝶天〉という名は、僕の中ではお客に向けたアピールではなく、働く女性たちへのエールの意味が強いんだ。もちろん、全員にとってのオールマイティな止まり木など有り得ない。それは経営者としてわかっているつもりだ。けど、辞める娘が少し多い。いや、方針に反して多い。それが解せない。何かあるなら、是正するのはやぶさかではない。厳然として健全な、企業なのだから」

裕樹は右手に拳を握ってそう断言した。

（おお）

よく似た兄妹《きょうだい》、と思わなくもない。

とにかく、聞けば聞くほど深みにはまる感じはしたが、仕方がない。

最初から自分の中の答えは、うすうす感じていた。

駒場から本郷の、しかもわかりづらい〈四海舗〉を探してまで観月を訪ねてくれた、しかも観月にとって馴染《なじ》んだ先輩である聡子の兄で、しかも今まで会ったことはないが、聞いたことはある本人も大学の先輩だという。

しかも、しかも――。

裕樹は観月がイートインスペースで条頭を食べているのを見て、

――そうそう。僕は、うちの〈銀座ワン〉の一階の角で、京風スイーツの店もやっていてね。割りと評判で行列も出来るんだ。毎日、その日のお勧めを〈蝶天〉では開店前ミーティングに参加した娘に振る舞うのが恒例でね。

そんなことを口にした。

実は、これが決め手になった。

この京風スイーツの話で、観月自身の中でうすうす感じていた答えは、一気に表に噴出した。

観月は自他ともに認めるところの、大の〈甘党〉だった。

「やりましょう」

「有り難う」

――。

決まったはいいが、やや空疎な時間が流れた。

「ああ。目が眩《くら》んで勢いで答えちゃいましたけど。で、具体的には何をすればいい」

観月は我に返って話の先を促した。

「難しいことはない。さっきも言ったように、ただキャストとしてフロアに出てくれればいい。多分ね。触るもの、触ってくるものに、障るものがあるなら自《おの》ずとわかるはずだ。おそらく。たぶん。きっと」

「――ざっくりですね」

裕樹は鼻に手をやって笑った。

「まだ水商売には駆け出しの身だ。で、ざっくりしかわからないから、こうして君に頼んでいる。ただ」

「ただ？」

「人間関係の拗《こじ》れかな、とは思っている。どの商売にせよ、最初にも最後にも、大事になってくるのはそこだ」

「人間関係って、ドロドロだったりしたら危なくないですか？　私なんかの手には負えない気もしますけど」

「危ないとか面倒だとなったら、すぐに離れてもらっていいし、そこまではさせないつもりだ」

「当てにしていいんですかね」

「この国を背負って立つ最高学府の、しかも可愛《かわい》い、かはわからないが、女子の後輩は貴重だ。そのくらいには覚悟はある。まあ君なら、とね、君が君たる所以《ゆえん》のところに期待しないとは言わないけど」

「ああ。その辺も聡子先輩から」

答えは言葉でなく、ただ裕樹は顎を引いた。

「人間関係でなければ、その次にシステム、最後に作業環境。細かく言うなら、照明、匂い、音、振動。わからないが、五感に感じ得るすべて。まあ、この辺なら簡単だ。私が襟を正すか、本社の営繕に掛け合えばいい。なんにせよ、気楽なアルバイトと思ってもらっていい。そういう自然体の方がこちらとしても有り難い。目的も頼むところもあるが、アルバイト代が入って銀座という街の昼夜、つまり表裏が見られるとは、君にとっても一石二鳥だろうと思うし」

「それは有り難いですけど、二鳥あります？　銀座なんか知らなくても、なんら差し支えない気もしますが」

外務省、と裕樹は、観月に指を突き付けながら断言するように言った。

「が、君の希望する省庁だって？　これも聡子から聞いたが、東大文Ｉから省庁を希望するなら国家公務員Ｉ種合格、目指すところは当然、キャリアだろう。キャリアならね、銀座は広い意味で生活圏だ」

「そういうものでしょうか」

「そういうものだ。それに、あまりアルバイトもままならないと聡子に聞いた」

「ああ。――そうですね」

依頼と温情の、一石二鳥。それならたしかに有りかもしれない。

陽が少し陰ってきた。風が中庭を廻《めぐ》り始めた。

ジャスミン茶を飲み干し、裕樹は立ち上がった。

店内に入り、レジに向かう裕樹に、観月も従った。

裕樹は財布を取り出し、松子にチェックを頼んだ。ここは僕が、と観月の分も一緒に払ってくれた。

「有り難うございます」

「そうそう。頼み事の件だが、学生に金銭の交渉もどうだろう。当然、店に出てもらった分の日給は普通にアルバイト代として支払うが、その他の君に限った頼み事の報酬としては、——そうだな。〈私の居場所・本郷・2〉なんて地図を作ってまで入り浸るほどなら、ここの商品がよほど好きなのだろう」

裕樹は近くのショーケースに目をやった。

「どうだい？　ここの商品、食べ放題で一年分が報酬というのは。もちろん、大勢で押し寄せてもらってはこちらとしても悲鳴が上がるが。君一人で堪能する分には、どれほどでも構わないよ」

一瞬、キャッシャーを打つ松子のリズムが狂った気がしたが、裕樹が気にした風もないので放っておく。

「重ね重ね、有り難うございます」

「じゃあ、僕はこれで。よろしく」

裕樹は片手を上げ、颯爽《さっそう》という単語が相応しい動きで店を出て行った。

ドア脇のスリットから、颯爽のまま階段を降り、おもむろにポケットから取り出した〈私の居場所・本郷・2〉の地図に目を落とす動作の裕樹を見送る。

見送りながら、観月はキャッシャーの奥に声を掛けた。

掛けざるを得ない衝動もあり、素朴な疑問でもあった。

「ねえ。松婆《まつばあ》」

「店長とお呼び」

ああ、そうだった。

「店長」

「なんだい」

「何を頼まれたか、聞いてた？」

「奥で、少しはね」

「じゃあ聞くけど、いいのかなあ」

「いいんじゃないかね」

「どっちが」

「どっちもさね。あんたの社会勉強にも、うちの店の売り上げにも。グフッ」

「言うと思ったし、笑うと思った。さっき、キャッシャー打つ手もちょっとだけど、止まったでしょ」

「ふん。耳聡いね」

「でもさ。あの人は、うちの聡子先輩の兄貴だよ」

「ってことはださ。金持ちってことさね。――で、いつからだって」

「ひとまず、今週の金曜日からだって。そこから五営業日。土・日は無しだから、来週の木曜まで。それでワンクール」

へえ、と受けて松子は脇のカレンダーに目をやり、あちゃぁっ、と大げさな声を上げつつ皺だらけの手で皺だらけの顔を覆った。

「なに？」

「仏滅から仏滅だね」

「うわ」

特に信心はないが、言われると気にはなるものだし、何かあると松子は必ず言う。

「でも、まあ、仕方ないか。我慢我慢」

「なんだね。殊勝じゃないか」

「だってさ。松婆」

「店長」

「店長。金曜は出勤前の打ち合わせも兼ねて、遅めの昼をご馳走《ちそう》してくれるんだって。銀座の寿司を。銀座だよ。回らないんだよ。スーパーの総菜コーナーでもコンビニでも、駅弁でもないんだよ」

「なんだい、その前のめりは。お里《さと》が知れるって言うかさ。あれだよ。和歌山のお父さんお母さんが聞いたら、どう思うかね」

「えっ」

「泣くね。あたしなら泣くね」

「ありゃ」

「ご両親の期待を背負ってんだから。――まあ、適度にね。何事も、加減さね」

「うす」

観月は松子に向けて敬礼をした。

外では裕樹が地図を眺めたまま、まだ動かなかった。

四

翌日の朝だった。

けたたましいベルの音がした。

目覚ましだ。

音からするに、最終兵器として購入した三つ目だろう。

十五分刻みで鳴るようにしてあるので、最も正しい起床予定時間からは四十五分が過ぎたことになる。

三つ目なのに何故《なぜ》三十分でないかと言えば、一番最初に鳴るのは目覚ましではなく、携帯のアラームだからだ。

などと、薄ぼんやり考える時間を約五分ほど過ごしているうちに、ようやく観月は覚醒した。

覚醒したらまずすることは、いつも決まっていた。

慌てることだ。

「うわっ」

観月はベッドから跳ね起きた。

最終兵器が鳴るということは待ったなしに近い。

登校ではなく、朝食のデッドエンドまでにだ。

起き上がったままのジャージ姿で、観月はスリッパを突っ掛けて廊下に出た。

ショートボブの髪の後頭部分に、強めに撥《は》ね上がった寝癖の重力を感じるが、今は関わっている場合ではない。

スリッパの音を盛大に響かせ、階段で三階から一階の食堂に走る。エレベータは使わない、というか、最初から備えつけられていない。

ちなみに、観月がいる場所は笹塚《ささづか》にあるドミトリー・スズキという、四階建てで約三十人が住み暮らす女子学生会館だ。和歌山から出てきて以来、約一年半を過ごしている。快適かどうかはその人の感じ方によるだろうが、観月にとっては特に不満もなく、おそらく卒業まで住み続けることになるだろうと思っていた。

このドミトリーに出会う切っ掛けは、東京大学本郷キャンパスでの、恒例の合格発表の日のことだった。

両親と三人で和歌山から泊まり掛けで出てきて、弓道場前に設けられた掲示板で合格を喜び合った直後のことだ。

遠くで応援団とチアリーダーの声も響く、悲喜こもごもで雑然とした賑《にぎ》わいの中だった。

——合格ですかねぇ。そりゃどうもぉ。良かったですねぇ。

そこでドミトリーの寮母兼オーナーである、今より一歳半若い鈴木《すずき》竹子《たけこ》にチラシを配られた。

竹子は黒のセミフォーマルにグレーのロングコートが、合格発表の場に実によく馴染んでいた。

――合格された女の子さんみぃんなに、お声掛けしてるんですねぇ。一、二年のうちは、皆さんの学び舎《まなや》はここじゃないんですよぉ。駒場ですからねぇ。あたしんとこからは、自慢じゃないけどねぇ。これが駒場に近いですよぉ。走ってすぐですからねぇ。もちろん歩いても行けますしぃ。何かと便利ですよぉ。だからすぐ、埋まっちまうんですよぉ。オーホッホッホ。

――ほうほう。そうですよね。こういう限りがある物は出会いで、善は急げって言いますよね。

と、この限定感のある口上に観月の両親、特に父親の義春《よしはる》が興味を示した。

和歌山から東京へ山出しの、しかも対人スキルにかなり問題のある一人娘を送り出すことを義春なりに心配して、ということも大きかったろう。

竹子はこのときは、実に人懐っこい笑顔で大らかな口調で、細く小さく、こぢんまりとして誰をも安心させる雰囲気をまとった老女だった。

目は眠り猫のように細いが、それが笑って三日月のように曲がるとまたいい感じで、引っ詰めた半白髪も細い顔も、唇は薄いが大きめの口も、なるほど寮母らしい、任せるに足るまめまめしい風情があった。

それで、一泊二日の旅程からディズニーランドが外され、代わりに笹塚での竹子による現地説明が追加された。

観月は断固として抵抗したが、義春の確固たる意志は、ただ遊びたいだけの娘の抵抗など簡単に撥ね付けた。

かくて、この内見の段階で観月のドミトリー・スズキ入寮はほぼ決まったと言ってよかった。

和歌山に帰った翌日には、義春が早くもファックスで、入居願いをドミトリー・スズキに送っていた。

ディズニーランドに行けなかったことは〈大いに〉残念だったが、たしかにお陰で、不満のない一人暮らしの場が得られたのは間違いなかった。

ドミトリー・スズキは、京王線笹塚駅南口を出て、地元感の強い観音通《かんのんどお》り商店街を通り抜けた先の笹塚一丁目、玉川上水《たまがわじょうすい》第二緑道沿いの左手にあった。

駅からだと道延べで約四百メートル前後だ。不動産情報でなら、徒歩五分と記載されることだろう。

東大駒場キャンパスまでも、ドミトリーからは直線距離で一・五キロメートルもない。どの教室、あるいはテニスコートを目的地にするかで違いはあるが、それでも道延べで二キロメートル前後なら、全力で走れる距離だ。調子と信号の運が良ければ、十分を切る自信はあった。

その足を以てして、さて――。

三階から一階に降りると、いや、降りる前から、食堂からは鍋の底を叩《たた》く音が聞こえていた。

これは竹子が、朝食時間終了間際を知らせる、自分のアラームで起きられなかった者たちへのアラートだ。

デッドエンドに向かって、音のリズムは次第に速くなる。

「うわっとと」

スリッパの音も高く、観月は食堂に飛び込んだ。

「あはは。観月、セーフ」

「うっそぉ。無理だと思ったのにぃ」

「やったぁ。生協食堂のランチゲット」

まだ食堂にいた三人の女子が口々に騒ぐが、取り敢《あ》えず観月は無視した。

アラートの間隔が短くなっていた。キッチンカウンターに急ぐのが先決だった。

「遅いよ。もう少し早く起きな」

あの日の笑顔や口調はどこへ行ったのやら。おそらく、あの日と同じ〈営業モード〉の竹子を見たいのなら、来年の同じ日に、東大本郷キャンパスの弓道場前に行かなければならないだろう。

〈通常モード〉の竹子の細い目はアーチを作ることなく常に水平で、口調はぶっきら棒で、トーンはその分低い。

それでも特に不満がないのは、寮母としての竹子に不備がないことと、オーナーとしての竹子の家賃設定によるところが大きい。

女子学生会館ということもあって、ドミトリー・スズキの家賃は、近隣の一般相場よりだいぶ〈お値打ち〉だった。

観月の父、義春は日本屈指の高炉メーカー・KOBIX鉄鋼和歌山製鉄所で、所長ともいうべき立場の総炉長を務めている。

そんな義春の収入に、大学進学も一人暮らしも、ほぼすべてを頼っているのが観月の現状だった。

もちろん、最後までおんぶに抱っこで学生生活を送る気はないが、お金を得るということはたとえ一円でも大変なことだと、今では身に染みてわかっている。

ランニングコストとして、親の負担が少ないのはなによりだ。

寮母兼オーナーの鈴木竹子は、昭和十二年の生まれだというから、平成十六年のこの年で六十七歳ということになる。誕生日は約半年前に過ぎた。

その日は、

――これ、暇なら本郷の実家に持っていくさね。誕生日だからね。

本郷の実家って、と聞くと、

——地図を書くさね。行けばわかる。

となって、〈四海舗〉への分かりづらい手書きの地図と一緒に、笹塚駅近くにあって観月もよく買う、新宿中村屋の月餅詰め合わせ八個入りを持たされた。

同じ物を観月にもくれたので文句も言わず〈四海舗〉に届けた。

これが観月と〈四海舗〉と、金村松子との出会いになった。

同じ顔、同じ声、同じ口調。

すぐにわかった。二人は間違いなく、一卵性の姉妹だった。

——ふん。毎年毎年、嫌みか。あいつは。

ぶつぶつ言う松子から、

——ほら。お返しだって言って、これを竹子に渡すさね。誕生日だからね。

と、今度は〈四海舗〉オリジナルの、押印された油紙に包まれた大振りの月餅を六個渡された。

半分は観月の物だというので、快く引き受けた。

どうやらこの遣《や》り取りが〈姉妹〉にとって、〈同じ〉誕生日の恒例のようだった。

実家で松子と言うからにはこちらが長女で、竹子が次女だとは思うが、この辺は見ただけではわからない。

ただ、実家は本郷裏路地の甘味屋、〈四海舗〉で、店を作ったのは、長崎新地から東京に出てきた姉妹の両親だという。出身は大陸、とそんなことも話のついでに聞いた覚えがあった。

——出てきたのは、農学部に球場が出来た頃だったさ。東大じゃないよ。東京帝大さね。

と知ったふうに松子は言ったが、球場が出来たのは昭和十二年の十月なので、両親が出てきたのは一卵性の赤ん坊の首が据わった頃、ということになる。

そうして現在、後を継いで〈四海舗〉を守っているのは金村松子だ。旦那はいるが、いつも厨房で菓子を作っている。今は帰化しているが、上海の出身だと松子が言っていた。

この旦那は、姿を見るだけで本当に〈レア〉だ。

松子夫婦には、子供はいなかった。出来なかったという。

次にドミトリーの竹子はと言えば、戦前からの旅館だった笹塚の鈴木家に、縁あって嫁いだらしい。

亭主の鈴木正一《しょういち》は七十歳になる今も健在で、奥の自宅で趣味の釣り三昧に生きているという。

この亭主も、松子の旦那ほどではないが、姿を見るだけで割りと〈レア〉だ。

——髪結いの亭主さね。あたしは、嫁いできてすぐに見抜いたよ。だからお義母《かあ》さんたちに言って、旅館から学生寮の経営に転換してもらったのさ。お義母さんたちが亡くなったら、旅館なんか到底、あたし一人じゃ回せなかったからね。

観月は、そんな話を竹子から聞いたことがあった。

若くして嫁いだ竹子には若くして産んだ、祥太郎《しょうたろう》という一人息子がいたが、この息子はえらく優秀で、海外を飛び回る仕事に就くのが小さい頃からの目標だったらしい。

――学生寮の話を、あたしがお義母さんにしたのは、祥太郎が高校生のときだったね。二年の進路指導の後だったかね。この子はさ、外に行く子だって、諦めたときさね。

実際、祥太郎は大手商社に勤め、抜擢《ばってき》されてオーストラリア勤務になり、やがて向こうで取引先の会社の娘と結婚し、向こうで住み暮らし、今でも主に欧米諸国を飛び回っているようだ。子供は一男一女をもうけたようだが、竹子たちが向こうに行かなければ、孫には会えないという。

――だから、あんたたちが孫のようなもんさね。寂しかないよ。かえって、忙しいくらいだからね。

と、常々そんな減らず口を叩く〈お婆ちゃん〉は今、観月の目の前で、仏頂面で鍋の底を叩いていた。

五

「火は落としたよ。今日も味噌汁《みそしる》は冷めてるさね」

鍋を置き、割烹着《かっぽうぎ》姿の竹子は厨房と食堂の境にある、暖簾《のれん》の下のカウンターに銀色のトレイを置いた。箸はカウンター上の箸立てに塗り箸が差さっている。そこからランダムに抜き取ることになっている。

「病院。なんだって？」

碗《わん》にご飯を盛り、トレイに載せつつ竹子が聞いてきた。

この辺が寮母たるところで、常に色々と気には掛けてくれる。有り難いと思わないではない。

口は悪いし態度も悪いが。

色々、雑だが。

だから今も、飯が少し、トレイに零《こぼ》れた。

「別に。いつも通り」

病院とは、東京大学病院のことだ。

観月は毎月十日前後に、各種の定期的な検査を受けていた。

竹子には、大体の内容も含めてこの検査のことは話してあった。

寮母は文字通り、寮の母だ。そのつもりでいろと入寮時に竹子から通達もあり、母に接するように口調はフランクだ。

「何も変わらず、だってさ」

「そうかい。ま、あんたの場合、それが良いやら悪いやら」

小学校六年生のとき、些細《ささい》なプライドの衝突から、観月は転校生らと衝突した。

そうして地元和歌山の、有本《ありもと》の地の鎮守である若宮八幡《わかみやはちまん》神社のご神木に競争で上り、意地の張り合いになって、最後には落ちた。

落ちたのは神罰でも、堆肥化《たいひか》した枯れ葉や枯れ枝が守ってくれたのは、神の加護だったろうか。

ただこのときから、観月は感情にバイアスが掛かり、表情を失った。

これも、神罰だったたか。

けれど、これが神罰ならやはり、加護もあった。

それが、同時に観月の身に発現した、超記憶能力だ。

サヴァン症候群にも匹敵するほどの超絶の能力だが、決してサヴァンと同じではない。

サヴァンは興味がある対象にのみ発動するが、観月の超記憶には興味の指向性はない。

見るつもりで見たモノを、おそらく生きている限り記憶する。

それが、観月が感情の喪失の代償に得た能力だった。

ただ、この能力を発動するには、脳に多大なる負荷が掛かった。過負荷になると酷《ひど》い偏頭痛を伴った。幼い頃はそれこそ、のたうち回るほどだった。

和歌山市立病院の若く優秀だと評判の藤崎《ふじさき》医師は、主治医として観月の脳のダメージと能力に、本当に真剣に向き合ってくれた。

小田垣一家を前にし、

――原因がわからない以上、治療もできませんが、ご両親。人の心身は、思うより強いものです。切っ掛けさえあれば、あるいは切っ掛けごとに、観月ちゃんが感情を取り戻してゆくことは大いにあるのです。豊かに、喜びをあげてください。純粋に、哀しみを分けてあげてください。今はなにより、それが大切なことでしょう。

そんなことを言ってくれた。

図らずも付加され、決していいことばかりではなく、むしろ心配の種の超記憶能力に関しても、

――観月ちゃんは圧倒的な注意力で、視覚からの情報を驚異的にまとめ、保持するんです。ご両親、どうか、神の能力、とお考え下さい。呪われたとか、笑顔を犠牲にしてとか考えてはいけません。そうすればいつの日か、笑顔も涙も、戻るかもしれません。例えばそのとき、感情の復活とともに能力が失われたとしたら、そのとき初めて、あんな

もののせいでと、惜しくなんかないと、文句のひとつふたつでも言って振り捨てればいいと私は思います。

これは今でも小田垣家の、特に両親の心の拠《よ》り所になっている言葉だ。

その藤崎医師が、観月が東京に出てくることが決まったとき、東京大学病院の精神神経科に細かな紹介状を書いてくれた。藤崎も東大のOBだった。

〈四海舗〉で裕樹にも盥回しと言ったが、OBからの細かな紹介状は病院内を巡り、初診のときから観月は複数の科を受診させられた。

精神神経科、脳神経外科、脳神経内科、心療内科、etc.

昨日は、少し多めの三科だった。裕樹が〈四海舗〉を訪れたのは、十二時からの検査が終わり、すべての受診が終わって東大病院を出た後ということになる。

病院に入る前に昼食代わりに五皿の条頭を摂り、この日は検査が多かったので出てからまた五皿を摂った。そのときだ。

月に一度の問診と検査は、経過を観察するという意味しか持たず、治療にはいまだ至ってはいない。

ただ、身体の成長と共に脳のキャパシティも広がったようで、そもそも子供の頃ほどの偏頭痛は起こらず、また、その回避と緩和には、観月なりの対症療法が確立していた。

睡眠と甘味、特に甘味は重要だった。

脳は栄養として、糖を希求する。観月はたまたまだが、あんパンから入った。すると偏頭痛が緩和された。

以来甘味、特にあんこ、中でもこしあんが観月の好物になった。つぶあんは、食べ続けると胃に重い。

「聞いたよ。宝生エステートからの頼み事だって？」

竹子が、味噌汁の椀《わん》をトレイに載せつつ聞いてきた。

雑なので汁も揺れてけっこう零れる。ただ、冷めているので直に触っても別段、火傷《やけど》の心配はないだろう。

「エステート本社じゃないよ。竹婆」

「寮長とお呼び」

「寮長。別会社だって言ってた」

何気なく答えはしたが、それにしても——。

この金村松子と鈴木竹子の松竹姉妹は、あまり頻繁に連絡を取っているようには見えないが、ときどき互いの周辺事情を驚くほどリアルに知っている。

一時期、本当にシンクロニシティについて考えたものだ。

観月の超記憶も似たようなもの。

この姉妹も、何かを失ったのだろうか。

そうして同調性を得たか。

まさか。

「正確には宝生息子、ね。宝生娘、も知らない話で、兄が妹に相談なく独断で進めた頼み事らしいよ」

「へえ。——なんか面倒臭いやね」

「そう。面倒臭いんで、内緒ね。娘で妹で私の先輩に、息子で兄の先輩からの許可無しに伝わるのは気が引けるから」

「ふん。ややこしいから、言われたようにするさね。——ほれ」

時間が経《た》った焼き鮭《ざけ》にカップの納豆、味付け海苔《のり》、生卵、竹子自慢の沢庵《たくあん》漬けが載ったワンプレート。

お代わりも返却も自由だが、基本的にドミトリー・スズキの朝食は和食だ。昼は別料金だが、夜は寮費に含まれている。食べる食べないは夕方五時までに報告することが決まりだ。なんでも有りのバイキング形式で、献立は前もって決まっている。

「早く食うさね。片付けるんだから、お代わりは無しだよ」

「げっ。でも了解」

トレイを持ち上げ、箸を取ってカウンターを離れる。

食堂内には、四人掛けのテーブルが八台置かれているが、結構狭めだ。昔は四台しか置いていなかったらしいが、最近は一人を好む寮生も増えたんでね、と竹子は館内オリエンテーションのときに言った。個食への対応、ということだろう。三十人もいれば、生活スタイルは様々だ。

観月の朝食で賭けをしていた二人がちょうど、お先にぃと言って席を離れた。片方は、ありがとね、とも言っていた。どちらも渋谷にあるK女子大学に通う三年生だった。

残る一人、今、観月の正面に座るのが、東大に通う同じ二年生の、理Ⅲ医学部志望の立野梨花《たてのりか》だ。〈Jファン倶楽部〉の会員でもある。

梨花は小柄でふっくらとした巻き髪の、可愛らしい女子だった。新潟の開業医の一人娘で、男手一つで育てられたという。見た目に依らず竹を割ったような性格で、現役で理Ⅲに合格したのだから、当然頭は切れる。

観月にとってこの梨花は、可愛らしいというより、色々な面で頼りになる女だった。

「あんまり人のことは言えないけどさ。もう少し早く起きた方がいいわよ」

観月が席に着くなり、梨花は澄まし顔で味噌汁を啜《すす》った。

「そりゃ、言われるまでもなく、わかっちゃいるけどさ」

わかってはいるが、朝は苦手だ。記憶野の活動が他人より著しく活発だからより疲れるので、と観月は思っているが、東大病院精神神経科の百合川《ゆりかわ》女医に言わせれば〈自分に甘い〉だけだという。

「そう言えば、もうすぐサロンの打ち合わせよね」

朝食を食べ終えたようで、言いながら梨花は食器をまとめ始めた。下げる前にあらかたまとめる。これもドミトリーのルールの一つだ。

「うん」

観月は納豆を掻《か》き混ぜた。

本来の意味からいえば、開放して文化芸術論に花を咲かせたりする王侯貴族の客間、それがサロンの解釈になるだろう。

だが、ここで梨花が言うサロンは、もっと〈夢見がち〉だ。広義では〈Jファン倶楽部〉の例会たる会合のことだが、狭義ではまったく別物の位置付けになる。

サロンには、J、小日向純也が降臨するからだ。

春と秋に二度開催されるこの純也との呑み会を、〈Jファン倶楽部〉では〈サロン〉と尊称していた。

小日向純也という〈王子様〉が居さえすれば、居酒屋もサロン、屋台もサロン、そんな意味だ。

楓や聡子らOGも交えて総勢は五十人を超える。

解釈や意味合いはさておき、〈Jファン倶楽部〉にとっては倶楽部のメインイベントで、一大イベントには間違いない。

間違いないのだが――。

「梨花はどうだった？」

「外れた」

「あ。そう」

「だから私としては、早めにサロンを開催して欲しいわけよ」

そもそも純也は、本郷キャンパスでの法学部の受講時間以外、ほぼその姿を学内で発見出来る場はなかった。特に四年になってからはさらに、滅多に姿を見掛けることはなくなっていた。

サロンをいつ開催するかの打ち合わせの場も、たとえ五分、十分でも、純也が確実に顔を出すという意味で、〈Jファン倶楽部〉ではサロンに準ずる〈イベント〉だった。

それにしても、これは会場を押さえたり場所を貸し切りにしたりするわけではない。五分、十分の話なのだ。

なので全員が同席出来るわけもなく、同席したら近辺に邪魔で迷惑で、同席権は昔から九人の枠で争奪戦になっていた。

会長である観月は十人目として不動だが、後は常に問答無用のくじ引きになる。

どう、と観月が梨花に聞いたのは、このくじ引きだ。

外れた者にとっては、〈生純也〉に会う機会はもうサロンに限られる。

梨花だけでなく、他の〈運のない女たち〉からも会えば挨拶のように、観月は同じことを言われた。

「なる早でお願いね」

「了解」

観月は掻き混ぜた、いい感じの納豆を飯に掛けた。

「観月は、今日は何限から？」

「二限に臨時があったけど、休講だって。だから三限だけ」

「あっそ。私は二限からだからさ。先に行くね」

バイバイ、と言って梨花は、沢庵漬けを残したトレイを持って立ち上がった。

やがて、

「これ医学部志望。毎度毎度、いい度胸じゃないさね。次は主菜、抜いたろうかね」

案の定、少しドスの利いた竹子の脅しが、カウンター越しに厨房から聞こえた。

六

東大駒場キャンパス、正式には駒場地区キャンパスのIキャンパスは、面積こそ本郷キャンパスには遠く及ばない。が、その分、構内の至る所に大小の樹木が密集して繁茂し、爽やかな風の抜ける木陰も多く、穏やかな時間の流れる緑の学び舎の印象は本郷よりも強かった。

キャンパスの外周はおよそ二キロメートルほどもあり、そのほとんどが広い舗道で、運動部や近隣住民の間ではいいジョギングコースになっていた。地域との交流も、本郷より駒場の方がより緊密か。

そんなわけで、渋谷までふた駅の立地にも拘《かかわ》らず、全体的に郊外を思わせる長閑《のどか》な場所だった。

駒場キャンパスでは、午後の二時半に三限の講義が終わる。

その後だった。

観月はひとり、三号館の講義室から五号館前の噴水を抜け、銀杏《いちょう》並木を通ってサークルの部室に向かった。

部室は、中庭を挟み並んで建つ、キャンパスプラザのB棟にあった。その一階だ。

〈四海舗〉で裕樹が口にしていた通り、加賀美晴子《はるこ》という先輩によってブルーラグーン・パーティが立ち上げられた頃は古い建物で、現在のキャンパスプラザはない。

といって、ブルーラグーン・パーティが古い建物のときに部室を持っていたのかというとそういう記録はなく、そもそもサークル自体も非公認だった。

それは前年、観月が入学と同時に入部したときにも変わらない。そのときもまだ部室はなく、サークルも非公認のままだった。

加賀美という先輩が立ち上げたときはいざ知らず、前年、観月がサークルの勧誘を受けたときは、割り合いに〈チャラチャラ〉したサークルだったことは否めない。それを承知で観月も入部した。

高校時代の観月はアイス・クイーンと異名を取り、全国高校ソフトテニス大会に三年間君臨した。バリバリのスポーツ少女だった。一年中、日焼けで真っ黒だった。

その反動か、大学では、少しは〈チャラチャラ〉してみたいという願望があったのは紛れもない事実だった。

ただ、見誤った。上京して少々、浮ついていたかもしれない。ブルーラグーン・パーティは他大学の学生たちも巻き込んだ、一大ナンパ系サークルだった。

千葉県白子《しらこ》での新歓合宿で、早くも狼《おおかみ》たちは本性を剝《む》き出しにした。

だがここで、酒にも睡眠薬にも危険な狼たちにも、観月は負けなかった。合宿以前から、観月にはサークルの疑わしさ、危うさがなんとなく見えていた。

だから最大限、気をつけた。

——安心して。あなたたちは全員、私が守るから。

震え怯《おび》える女子の前に、観月は敢然《かんぜん》と立った。

観月には超記憶の外に、余人には到底真似《まね》の出来ない古武術の心得があった。

すなわち、関口《せきぐち》流古柔術。

柔術とは、戦国時代からの組討や捕手といった武技に、江戸時代に入って当身や拳技までを包括して創出された武芸だ。

流祖は江戸時代初期の武芸者、関口柔心《じゅうしん》。

観月は若宮八幡神社の境内に集まる〈関口〉の名を継ぐ鉄鋼マンたちから、この技の数々を学ぶともなく学び、いつしか奥義に至っていた。

風となり雷《いかずち》となって男どもを投げ飛ばし、次々に撃退してゆく観月の姿に、女子は大喝采で、やがて自分たちも勇気をもってラケットを振り回した。

すると、それまで首謀者らに何も言えず、ただ従っていただけの男連中が決起し観月に追随した。

そうなるともう、同じ学生の高々〈悪者〉に、勝ち目などありはしなかった。

地元の警察も介入し、首謀者たちのこれまでの悪行は露見した。

その後始末として、というか、騒動を引き起こした当事者として、観月は一人で警察の捜査に協力し、駒場の学生自治会や学部当局との話し合いや折衝に奔走した。

結果、事件は大ごとになることなく最小限の被害で終結し、観月は警察から感謝状を受けることになった。

サークル自体は事件によって存続の危機に陥ったが、この公式な観月の表彰により、条件付きで息を吹き返した。

学部や学生自治会から突き付けられた条件とは、それまで入会していた他大学生の排除と、一年生ながら、小田垣観月の代表就任だった。

学部や学生自治会も、目の届かないサークル暗部の膿《うみ》を除去してくれた観月への、感謝の気持ちがあったのかもしれない。

了承するとかえって厚遇というか、〈特例届出学生団体〉として公式に認められ、駒場キャンパスに部室を得た。

それが、今観月が向かうキャンパスプラザB棟の部室だった。

観月は、個人的には部室があろうとなかろうと、テニスコートと居酒屋と甘味処《かんみどころ》があればサークルは成り立つと思っていた。

ただ公認されれば、本部学生支援課が包括加入している〈学生教育研究災害傷害保険〉、通称〈学研災〉に、活動中に生じた傷害について、医療保険金等の給付請求が出来るというのは大いに魅力だった。実際、去年来すでに三回ほどは請求させてもらっていた。

背に腹は代えられず、観月は一年のうちからサークルの部長を受諾した。

構内メイン通りである銀杏並木を北館に突き当たって左に折れすぐ右に折れ、観月はキャンパスプラザに辿り着いた。

中庭からB棟の部室に入る。

缶コーヒーを飲んでいた二人の男子が、観月を見て勢いよく頭を下げた。

——部長。おはっす。

よく揃《そろ》った声が少し硬い気がするが、まあ許容する。部長を引き受けてからはいつものことだ。

「おはよう」

一人は観月と同じ二年の文学部志望で、もう一人は三年の経済学部の先輩だった。

白子の大立ち回りを間近で見た生き証人でありつつ、その後も残った部員たちだ。

年齢性別に関係なく、残った部員は観月の〈アイス・クイーンたる所以とその実力〉を畏《おそ》れも怖れもし、一年生でありながら部長に就任することに異を唱える者は誰一人としていなかった。

大学のサークルに〈チャラチャラ〉を夢想したはずが、何故かほぼ高校時代と変わらない体育会系の部活の、しかも部長を務めている。

予測不能の展開には苦笑するしかないが、自然な笑顔はそもそも苦手だ。代わりにときどき溜息《ためいき》が出た。

「じゃ、俺らは先に上がるよ」

経済学部の先輩がまず缶コーヒーを飲み干し、自分の荷物をまとめ始めた。同期の男子がそれに倣《なら》った。

二人とも水曜は三限までだが、その後それぞれ夕方からバイトがあることは周知されていた。

観月同様、どちらも地方から出てきた下宿生だった。

苦学生という言葉がどの範囲にまで意味を成すのかはわからないが、自宅通学者より下宿生の方が、はるかに〈生きてゆく〉ための経費が掛かることは紛れもなかった。

ブルーラグーン・パーティは、アルバイト優先、学業最優先がモットーだ。東大生が余暇を埋めてひと息つくための、趣味やレジャーのひとつに過ぎない。

「ああ。ねえ、帰る前にさ。河東《かわとう》さん、見掛けた？」

二人はほぼ同時に首肯した。

「さっき、テニスコートに向かったみたいだけど」

答えたのは同期の方だ。

テニス系には大学の公認団体だけでも結構な数がある。駒場キャンパスにもテニスコートはあるが、とても足りる面数ではなく、どのサークルも構内と公共のテニスコートを併用する。

ブルーラグーン・パーティは、水曜日は構内西南の二面を午後から確保していた。

「そう。有り難う」

一年の別の部員が顔を出したところでバイトの二人が退出し、観月も自分のラケットとバッグを持って部室を出た。

キャンパスプラザから、構内ほぼ真反対にあるテニスコートまでは、銀杏並木を真っ直ぐに抜けて、約四百メートルほどの距離になる。

——あ、小田垣さん。今からサークル？

——ヤッホー。頑張ってるぅ？

道々で行き交う同期が、男女問わず声を掛けてくる。

観月自身、あまり社交的ではないという自覚はあるが、決して人嫌いというわけではない。その証拠のように、人気というか、声を掛けてくれる仲間はサークル以外にも結構多い。

表情は上手く作れないが、その都度仲間の挨拶に反応しつつ構内のテニスコートに向かう。

——はいはぁい。

——おっさぁっ。

〈チャラチャラ〉からは程遠い気合いの入った掛け声を聞きながら更衣室に入り、テニスウェアに着替えてコートに出る。

ブルーラグーン・パーティの十人ほどが、二面を占有してテニスに打ち込んでいた。

軟式から硬式に変わったばかりの入学当初こそ戸惑いはあったが、観月はなんといってもソフトテニスの高校チャンピオンだ。二年になった今では、体育会系の硬式テニス部の男子でも、観月に敵《かな》う者は少ない。

全体の挨拶もそこそこに、ラケットを大きく振って肩を回しながら、観月はコート脇のベンチに近付いた。

先程部室で所在を確認した、理学部三年の河東が座っていた。

黒縁眼鏡で小太りの、天然パーマの癖が強い男の正面に立ち、観月はわざと見下ろすようにした。

「先輩。あのさぁ」

「ドキッ。な、なんだよ」

「昨日、部室で煙草、吸ってたでしょ」

「ギクッ。え、おおっと。ギクギクッ。いや、そうだったかなあ」

河東は割り合い、動作や心情がそのまま言葉になる男だった。

――バタバタしながら、本人がそのままバタバタバタバタって口にしててさ。

裕樹が言っていた言葉だけですぐにわかった。他にはいない。

限りなく正直者と言うことも出来るが、一般社会でその性質が通用するかどうかは考えものだ。

まあ、現在の理学部から大学院の化学専攻に進んで研究者になりたいという希望は、恐らく河東を天職に導くだろう。

呑み会の席で初めて進路の希望を披露されたとき、その場にいた全員が知らず喝采を送ったものだ。

とはいえ、今は――。

「先輩。貸し一で、次はないですよ」

「え、あの。シュン。――わかったよ」

やはりわかりやすい。

念押しにひと睨《にら》みし、そのままコートに出ようとして、ふと観月は立ち止まった。

「ああ。そうだ。河東先輩」

「ドドンッ。うわっ。何。まだ何?」

「今週金曜と、来週の月から木までは、行ってみないとわかんないんですけど、もしかしたらバイトで来れないかもしれないんで、そのときは三年生でコート管理責任者、お願いします」

「あ、そう。へえ、部長がバイトって、珍しいね」

「私も、親の脛《すね》ばっかり齧《かじ》ってるのは心苦しいですから」

そう。心苦しい。

観月も別に、今までもバイトをしなかったわけではない。どれも相手側の都合で長続きしなかった。そういうことだ。

やはり、観月の対人スキルの欠落によるところが大きいようだった。

手っ取り早いファストフードでも、カウンター接客だけでなくキッチンでもNGを出された。コンビニも同様だった。全部の全店が同じかはわからないが、観月の無表情は敬遠されがちだった。

いつしか、定期的なバイトはしなくなっていた。

それが何故か、今度は銀座でナイトクラブのキャストのバイトだ。

考えるだけで、少し気は重くなった。

(いけない、いけない。何事も経験。前へ前へ)

ラケットを持ってまた肩を回しながら、観月はテニスコートのダブルスラインを大きく跨《また》いだ。

七

仏滅の金曜日になった。天気は少し下り坂のようだ。

空一面を覆う雲は厚く、ときおり吹く風が湿っていた。夜には雨になるだろう。どこかのTVチャンネルの気象予報士もそんなことを言っていた。

裕樹とは東銀座の、三原橋《みはらばし》交差点近くで落ち合った。

この日の裕樹は、モスグリーンのポロシャツに同系のジャケットを合わせた出《い》で立《た》ちだった。季節らしいと言えばらしい。

観月はと言えば、グレーのカットソーに薄手の黒いジャケットと黒いジーパン、つまりいつもの格好だ。バッグも武骨に、パラシュート生地のワンショルダーと、全体的に観月らしいと言えば、極めて観月らしい。

裕樹の案内でそこから銀座三丁目の路地裏に回り、いかにも〈老舗〉といった寿司屋に入る。

住所がわかったのは別に裕樹に説明されたからではなく、近くの電柱に表示があったからだ。

店の名前は、最後までわからなかった。暖簾も湯飲みも達筆すぎて解読不能で、わかりやすいお品書きなどはない。つまり、〈時価〉と〈お任せ〉の店ということだ。

銀座で〈時価〉や〈お任せ〉と来れば、観月にとっては聞かぬが花の部類にカテゴライズされる。

だから店の名前は、わからないまま特に聞こうとも思わなかった。どう転んでも自腹でどうこうという店ではない。

打ち水に石畳に引き戸。店内に入れば、つけ場には頭を下げる職人が三人、長いカウンターに同じ長さの冷蔵ショーケース。個室に上がれば、こぢんまりとした庭に草木の配置と採光が、これだけで目にも味わいだったろうか。

そんなところで出される品は当然、観月の今までの記憶にない、江戸前の逸品というやつだった。

「おお」

軽く手を叩くと、裕樹がおそらく苦笑した。

「ここは夜なんかは大体、半年先まで予約が取れない名店なんだけどね。その江戸前の仕事でも、表情はそんな揺らぎ程度なんだね。まあ、なんというか、奢《おご》り甲斐《がい》がないというか」

「すいません」

「ああ。いや。アイス・クイーンは孤高。超然。それでいい。――うん。そうだ。店でもそれでいこう」

などと、下駄の寿司を摘《つ》まみながら裕樹は一人納得したようだ。

〈一周目〉を他愛《たわい》もない話のうちに完食し、裕樹にどうすると聞かれたので、当たり前のように〈二周目〉に入った。

「健啖《けんたん》だね。じゃあ、僕も付き合おうか」

仲居の女性に追加を頼み、それから本題の打ち合わせになった。

といっても、主に観月が聞く一方だ。すべてに素人で、まだすべてに手探りなのは間違いない。

「僕はね、やるからには銀座で一番を目指したいと思っている。一番とは何かについては、例えば老舗の品格とかね。その辺を突き詰めようとすると禅問答のようになるから省くが、簡単に言えばビジネスとしての永続性、それに尽きる。需給のバランス。少なくともうちの店の顧客満足度は高いはずだ。キャストや従業員の待遇もトップクラスだと自負している。だいたい、店長以下の主だった黒服も――」

「質問。黒服って」

観月は裕樹の話を遮った。

聞きながら、単語を摘まむようにして質問を挟む。

寿司は、こういう場面には都合がいい。リズムが崩れない。

「ああ。ナイトクラブとか、そういった店のね。従業員一般のことだと思ってもらっていい」

「ああ。了解です。先をどうぞ」

「うちの店はね、店長以下、主要な黒服は宝生エステートから出向で引っ張った。全体に、昇給モデルは宝生エステートと同等だ。そう、だから働き場所として、蝶天は立派な企業体なんだ」

それが、と言って裕樹はひと息ついた。

「今年の春、一周年を迎えた頃からキャストがよく辞めるようになってね。それもGR、グループリーダーまでが五人もだ」

「質問。この前も言ってましたけど、そのGRってのは、要はアルバイトリーダーってことですか」

言葉を摘まみ、寿司も摘まむ。

「も、いる。だが少数だ。うちには常時十人以上在籍しているが、大半は個人事業主として、業務委託契約を結んでいる。フリー、フリーランスという呼び方が一般的かな」

「それは、どういう」

さらに言葉を摘まみ、寿司も摘まむ。

「これも税法上や社保労保などの難しいことは省くが、フリーはプロと言い換えてもいい。歩合、と言ってしまえば素っ気ないが、下に付けたアルバイトやキャストへの指導管理能力や、本人持ち込みの太客の有無、新規顧客獲得率、どれも頑張ればそれだけ収入は上がる。桁も変わる。うちでは本人を縛るだけだとして取り入れていないが、野球やサッカーの選手のように、能力を見越した年契約を店と結ぶキャストもいる。年五億をノルマとして売るから、一億をくれとかね。もちろんこれは売上高だけではなく、きちんとした原価計算もわかったうえでの話だ。ただ、この契約はシビアだよ。ノルマ未達成の場合のペナルティは大きい。まあ、そこから先は、君が知る必要も意味もないだろうけど」

「理解しました。先をどうぞ」

「何が不満なのか、聞いても答えは曖昧で要領を得ないらしい。もっとも、金銭面にしろ人間関係にしろ、辞めるくらいなら、そもそも店側には何を言っても仕方がないと諦めての行動なのかもしれない。下手なことを言って切れられたり、恫喝紛《どうかつまが》いに脅される。そんなことも、フリーでやるくらいだ、嫌になるほど経験していてもおかしくはない」

「ああ。有り得ますね。水商売に限らず」

「そう。水商売に限らずだ」

「何かの気まぐれ」

「かもしれないが、今のところ不明だ。あまり根掘り葉掘り問い質《ただ》すのも考えものだし。〈辞めるときに煩《うるさ》い〉なんて評判は願い下げだ」

「ですね。これも水商売に限らず」

「そう。だが、経営者として気になるものは気になる。出来るだけ物事はクリアに進める。これは僕のモットーで、宝生エステートの社訓でもある」

「なるほど。で、今のところクリアには程遠いその辺の不満を、内々に聞き回れと」

「聞くのがいいのかどうかの判断は一任だ。なんにせよ、店側の人間だと思われるのは愚行だから、僕や妹との関係は伏せる。はっきり目的から素性から、全部を伝えるのは店長と副店長だけだ」

「二人だけですか」

「多ければ多いほど水は漏れる。人事も含め、機密を扱う上での鉄則だ」

「了解です」

「それと、通常で考えたら君はどこかのGRの下に入ることになるんだが、それだと何かと不自由だと思ってね。動きづらくないよう、入店理由も考えてある」

「あ、助かります」

「いや。頼んでいるのはこっちだ。うちは一見《いちげん》さんから何から、それこそ親父の伝手《つて》で通ってくれる人も大勢いるが、それぞれ担当のGRが付けてあって、これは滅多なことでは動かない。こういう店では普通のシステムかな。で、その中で一人、一番最後に辞めたGRが担当だった人がいて、このところ選挙で忙しかったようでお見限りだったんだけどね。ちょうど秘書の人から今週、先生が顔を出したいって連絡が入った」

考えなくとも理解出来た。選挙とは夏にあった衆議院の解散総選挙のことだろう。

与党民政党の圧勝で、総裁に選出された三田聡《みたさとし》が内閣総理大臣に選出された。

「まあ、いろいろとね。問題は多い人なんだが」

「ちなみに、誰です?」

角田《かくた》幸三《こうぞう》、と裕樹は言った。

「ああ。あの」

観月の記憶というか、知識にその名はあった。角田幸三はＪパパ、小日向和臣《かずおみ》の子飼いと言われて久しく、この総選挙で和臣が党幹事長に就任したことにより、内閣府特命担当大臣防災担当兼国家公安委員長として初入閣を果たした男だ。

福岡四区選出で、地元では土建屋をまとめて羽振りがよかったようで、国会では体力勝負のヤジ将軍としてときどきバカ騒ぎをしてニュースになる。

「知っていてくれて有り難い。なんというか、学歴にコンプレックスのある人でね。小日向幹事長の、つまり我々の東大には少なからぬ執着というか、そういうのがあって。大きな声では言わないが、君の東大女子の肩書きをちらつかせたら興味津々でね。こっちの要求を飲んでくれた」

「要求、ですか。あまり聞きたくない気もしますが」

「君は角田さんが地元で懇意にしている店にいた娘で、銀座に憧れて上京してきて、うちの店を紹介された。そんな態《てい》だ」

「うげ」

「へえ。声だけで驚かれるのも不思議なものだね。しかも、ちゃんと嫌そうな感じが伝わってくるのが不思議だ」

「そんな感想はいいですから。それで、地元ってことは、私は福岡弁ですか」

「ああ。そこまでは考えなかった。――そうだね。高校まではこっちにいた。親と訳ありで向こうに行った、でいいかな。馴染めなくて悩んでいた所に角田さんが来たとか」

「なんか、隙だらけな感じもしますけど」

「そもそも、過去に何かを隠す娘は多い。話の真偽は常に藪《やぶ》の中だ。そのまま聞いていると馬鹿を見る、ことも多い。この商売を始めて痛感したことのひとつだ」

「はあ」

「とにかく、そういう設定だ。通常の募集からの体験入店じゃ、一日しか入れないからね。これでそのまま、来週も頼んだ通りで計五日間は問題ないだろう。君はGRの下にはならず、むしろGR候補になる。その間、立場はフロアマネージャー直属ということになる」

「質問」

観月は話と寿司を摘まんだが、裕樹は三周目には入らなかった。濃い緑茶を頼んだ。

「聞きたいのは、フロアマネージャーのことだろ？　後で紹介もするが、営業中の店全体を動かす役割の黒服のことだ。うちの店には四人いる。みんな宝生エステートからの出向だ。一人がGRを三、四人ずつ管理している格好だ。仕事としては馴染みの客、一見の客、危ない匂いのする客、そんな客の対応からGRへの割り振り、細かくはキャスト一人一人の体調管理まで。まあ、本当にフロア全体のマネージメントだね。大事だと思ったから、僕は本社からトップセールスの四人を選んだ」

「へえ。じゃあ、本社は大打撃ですね」

「親父《おやじ》の度量というか、先見の明というか。親父は親父で、僕と、空きスペースの活用事業には期待してくれている。だからね」

裕樹は運ばれてきた茶を飲んだ。

深い、いい香りが漂う。

「この銀座エリアの町会、商店会には、オープン前から挨拶をしてくれていたようだ。僕にはその頭はなかった。さっきの角田議員のように、親しいゼネコンの会長を始め、政財界にも店の紹介をしてくれたようだし。まだまだというか、もっともっと、しなければならない経験も勉強も多い」

「殊勝は殊勝に至る近道と言います」

「――わからないけど」

「殊勝は感心で健気《けなげ》でもあり、特に優れて格別でもあると」

「ああ。いいね。誰かの言葉?」

「柔術で格別に至ったとある鉄鋼マンの言葉です」

「なるほど」

　裕樹は頷き、三周目を終えた観月の寿司下駄を見た。

「――四周目、とか」

「いえ」

「そうだよね」

と、裕樹は安堵《あんど》の表情を見せたが、この場合の観月の「いえ」は、満腹という意味ではない。

　遠い遠慮、という解釈が正しいのだが、裕樹は合点したようなので放っておく。

「じゃ、行こうか。ちょうどいい頃合いだ」

　身支度をし、裕樹が先に立ってチェックに向かった。

八

〈銀座スリー〉は、銀座五丁目の並木通り沿いにあった。寿司屋のある場所からなら、約六百メートルくらいだろう。さほど遠くはない。

　まず銀座四丁目の交差点を目指し、晴海通《はるみどお》りを数寄屋橋《すきやばし》方面に向かう。

　並木通りに入り、交差するみゆき通りとの角にシャネル銀座並木の独特なビルが見えたらその手前辺りだ。

〈銀座スリー〉は、天然石にも似た光沢のある白い結晶化ガラス建材で外壁を覆い、辺り一帯にひと際の高級感を醸すビルだった。袖看板も一階エントランスの総合案内も、鏡面仕様でデザイン性は高く見えた。

テナント名を見る限り、〈銀座スリー〉は地下一階に飲食店が三軒入るだけで、二階から最上階まですべてのフロアが夜の商売の店だった。

一階は裏通りへ抜ける通路と広いエントランスホール、管理事務所、社用車駐車場、二階へ上がる専用の階段、エレベータの配置になっていて、特に店舗はない。

観月は裕樹に従ってエレベータに乗り、最上階に向かった。

エレベータのドアが開くと、

「へえ」

表情には表せないが、思わず感嘆が洩《も》れた。無感情、無感動というわけではないのだ。

エレベータの外は五メートルほど、ただ白い壁の広い通路が真っ直ぐ延びていた。その上下に輝く青い間接照明が妖しく、その佇《たたず》まいだけでなにやら、異世界への入り口を感じさせる空間だった。

T字路になる正面の突き当たりはたぶん会計スペースで、アーチ状に壁が刳《く》り抜かれていた。縁に唐草風の装飾が施してあり、今はカーテンが引かれて中は見えなかった。

「ホールは右手からその先だけど、まずはこっちだ」

そう説明しながら、裕樹は突き当たりを左に折れた。

曲がった左手は、すぐに左側壁沿いにエッジライト付きのトイレピクトが光っていた。

通路の奥はクリスタルチェーンがカーテンのように無数に下がり、明らかに客に見せる空間とは仕切られていた。〈業務スペース〉、バックヤードということだろう。

案の定、チェーンを掻き分けて進むと、左右と正面に〈STAFF ONLY〉のプレートが張られた簡素なアルミの扉があった。それしかなかった。

「後で見せるけど、この左側が店舗雇用の一般スタッフの部屋で、こっちがキャスト部屋になっている。それぞれの着替えや私物の保管もここだ」

左右の部屋をそう説明し、裕樹は両方の扉を開けた。

トイレの隣に位置する一般スタッフの部屋は狭く雑然として、対するキャスト部屋は何倍も広く整然としていて、何かのいい匂いがした。

「で、こっちが運営スタッフの部屋になる。通常ここを使用するのは店長と副店長とフロアマネージャーたちだが、通称で〈本社部屋〉ということになっている」

言いながら裕樹は正面の部屋に入った。

中には、裕樹の紹介に拠《よ》れば児玉《こだま》という髪の薄い四十代後半の店長と、田沢《たざわ》という口《くち》髭《ひげ》を生やした四十代前半の副店長の二人だけがいた。フロアマネージャーの四人は一人もいなかった。

観月が単なるキャストでないことを知るのはこの二人に限定すると、寿司屋で裕樹に聞かされていた。

部屋内には、簡単な応接セットと事務机があり、奥の壁際には、恐らく定点カメラとセットになったモノクロのモニタが四台二段で筐体《きょうたい》に入れられて据え置かれていた。防犯カメラシステムだ。一瞥でも、値段の張る機器に見えた。

その前に長机があってパイプ椅子が五脚置かれ、左右の壁は細めの縦型ロッカーで埋め尽くされている。

ひと言で言って、簡素で質素で、色のない部屋だった。

挨拶で少し、店舗責任者の二人と話をした。児玉は寡黙《かもく》で、田沢は少し早口だった。

児玉は宝生エステートでの元職は営業部の係長で、田沢はその部下の主任だったというが、なんとも対照的な二人に見えた。

「君は、この時間に角田議員の紹介状を持って来たと。そういうことになるから。覚えておいて」

裕樹が念を押すように言った。

「了解です。あれが、店内監視用の防犯カメラですよね」

「そうだけど」

「システムは」

「会計スペースの前とこっちのスタッフ部屋三室に一台ずつ、あとホールの内外に四台。記録は、五インチだったかな。とにかく外付けHDDで、一か所一か月で交換している。それなりにかさ張るから、交換した機器は今のところ、オープンから全部を本社の方で保管している」

「後でひと通り、カメラ位置とかをチェックさせて下さい」

「構わないが、いや、そうか。そんな方面にも超記憶は使えるのかい」

「使えるのは間違いありません。役に立つかどうかは不確かですが」

「そういうものか」

「そういうものです」

「へえ。言い切るね。——ま、凡人にはわからないが、任せたんだ。よろしく頼むよ」

それから、また裕樹の先導でホールの見学に入った。店長たちはついては来なかった。

会計スペースの前を過ぎると、進行方向が輝くように明るかったが、

「こっちだ」

裕樹は途中を左に折れた。そちらがホールの方向ということのようだ。

「へえ」

また観月の口から、感嘆が漏れた。

ホールは観月が想像した以上に大きく、内装が豪華だった。

毛足の長い絨毯《じゅうたん》、革張りの重厚なソファ、大理石のテーブル、照明は少し暗めだが、各テーブルの真上にそれぞれ小振りの、星の輝きのようなシャンデリア。観月にとっての王宮のイメージが、具現化されてそこにあった。

それでいて金満や奢侈《しゃし》に流れないのは、広く取られた通路や空間の遊びが、全体のイメージをまろやかなものにまとめ上げているからに違いない。百人が入っても、たぶん誰も狭く感じることはないだろう。箇所箇所に活《い》けられて堂々たる生花も、空間演出にはいいアクセントだ。

店舗の貸借が一人の人間、裕樹の右手と左手の握手で為《な》されたようなものだからこそ出来ることなのかもしれない。

ひと通りを確認してバックヤードに戻ろうとすると、裕樹は途中で先程の輝くような方に向かった。

頭で平面図を書けばわかるが、反対側の通路のトイレや一般スタッフの部屋のあった空間が、会計スペースのこちら側にもあるような気はした。

通路の壁を刳り抜いたように奥行きのある右手側は、そこだけが別の空間だった。まるで老舗のバーの雰囲気を醸していた。

実際、マホガニーの重厚なカウンターの手前には革張りのスツールがゆったりとした間隔で十脚ほど備えられ、壁面は木製の棚が端から端までを埋め、整然と置かれた無数のボトルが、まるで羽を広げる蝶のようだった。

「どうだい」

裕樹が聞いてきた。

声のトーンから、自慢げであることはわかった。

「ミーティングに使うこともあるが、ゲストのウエイティングや、ホールに飽きたゲストを移動させて、カクテルなどを出すアクセントの場にも使う。こういうバーシステムを備えた店は他にもあるが、この広さはちょっとした自慢でね。専属のバーテンダーもいるよ。後で紹介するけど。――で、この奥がＶＩＰルームになる」

そんな説明を受け、次にＶＩＰルームも覗《のぞ》いた。割合に広い部屋だった。コの字型に革張りのソファが巡り、大理石のテーブルが三台置かれていた。

十人程度は楽に座ることが出来そうだった。テーブルを離して補助席を出せばもっとだろう。シャンデリアの豪華さがやけに目を引いた。さすがに、ホールとは格段の差があった。

ひと通りを確認し、バックヤードに戻って今度はキャスト部屋に入った。

奥に様々なドレスを収納したウォークイン・クローゼットや立派な鏡台や化粧品の類を取り揃えたメイクルームもあり、広いと思った印象以上に広いようだ。これも企業としての、職場環境の整備の一環か。

ただ――。

部屋を見ても、観月には特に感動はなかった。感情の動き以前に、ドレスにも化粧品にも、なんの興味もなかったからだ。

「えっと、だね」

背中から裕樹の声がした。

「ホールに出るに当たって、化粧はどうする？」

「まあ、申し訳程度にはしましょうか」

「申し訳、ね。じゃあ、髪はどうする」

「断固、このままで」

「――まあ、素材として悪くはないから、それも有りかもだが。それにしても、さぁてね。そのまま、か」

裕樹は渋面を作ったが、

「お言葉ですけど、たしか私の紹介者、角田議員は〈東大女子〉に興味があるとか。あまりキラキラはどうでしょう」

観月が言えば、納得の目を左右上下に忙しく動かした後、裕樹は手を打った。

「それはそうか。うん。納得出来る話だ。ただし、格好は、そのままというわけにはいかないよ。ドレスは店にとって正装、制服のようなものだ」

「まあ、そうですね」

　ジーパンでいいとはさすがに、さすがの観月も思ってはいなかった。

「だからこっちで、三着ほど選んで並べておいた。ヒールとセットになっているのがそうだ」

　広げた右手の平を上に向け、裕樹はウォークイン・クローゼットを指し示した。

「試着して決めてくれれば。ヒールは全部同じ七センチ。ああ。ちなみに、クローゼットやメイクルームには、防犯カメラの類はないから」

　十分後にまた来ると言って、裕樹がキャスト部屋から出て行った。

　観月はクローゼットに入り、言われた通りの三着を、まずは見た。

「うわぁ」

　これは感嘆ではない。どちらかというと悲嘆だ。

　少なくとも二着は、色も〈フリフリ〉もスカートの丈も、まったく観月の許容範囲ではなかった。

　だから、残る一着を渋々試着した。

　ドレスはワンショルダー、つまり片方の肩出しで、膝上から裾に掛けて片側に流れるマーメードフレアのワンピースだった。

　色はボルドーレッドだ。それでもノースリーブでなく、フレアが踝《くるぶし》まで掛かるだけ〈マシ〉だった。

抵抗感はあったが、一着だけの提案だったら、それも着られなかったかもしれない。

だとしたら、マジシャンズ・セレクトの誘導だが。

裕樹もなかなかやるものだ。

ともあれ――。

実際、試着には十分も掛からなかった。途中で裕樹を呼んだ。

「ほう。馬子にも衣裳《いしょう》、だね。いや、アイス・クイーンにこそドレスかも」

「それって、褒めてます？」

「当然だ。――着てみた君自身の感想は？」

「そうですね」

少し考えた。両親の顔が浮かんだ。

「父親が見たら、目を覆って天を仰ぐかもしれません」

「お母さんは」

「多分、喜ぶことでしょう」

「うん。そういうものだろう。正しい反応かも。――ただし」

「なんです？　まだ何か」

「化粧と髪型以外の要求をしていいか」

「ドレス以外にですか」

「さっきも言ったが、正装、制服のようなものということは、ドレスは要求というよりは礼儀、規則だね。要求はつまり、こちらのお願いだ。まあ、お願いと言いながら、これは東大やその他に分け隔ての有ることではないので譲れないところだけど」

「なんでしょう」

「少し盛るというのはどうだろう」

どこを、とは言われなかったが、まあ、心当たりはなくはない。

「セクハラですか」

「悲しいかな。まだ半分の客はセクハラにお金を払うのだよ。——その代わり、対価として時給を一枚五百円アップでどうだろう」

「何枚入れましょうか」

毒を食らわば皿まで。即答した。

（それにしても、この遣り取りを聞いたら父さん、泣くかな）

父は泣くかもしれないが、少なくとも観月は泣かない。

このとき、観月は哀の感情にバイアスが掛かっていることが、時には役立つと初めて知った。

九

この夜、観月は新人キャストとして、店で働く者たちの前で挨拶した。

オープンは午後八時で、一時間前には開店前ミーティングが始まるという。

この日、時間までに出勤してきたのは、先程の児玉店長以下の黒服が十人と、全員がまだ私服状態のキャストが七人だった。

〈銀座スリー〉のワンフロアは広く、〈蝶天〉は、銀座でもそう多くはない大箱だ。

素人の観月にもわかるほど、そんな店のオープニングを彩るには少人数に見えたが、開店十分前には、キャストが今の三倍にはなるという。

主にGRだというが、ヘアセットに時間も金も掛けるキャストは外のサロンに行く人も多く、たいがいが開店ギリギリになってから出勤してくるらしい。

もちろん、同伴ですでにどこかの店で〈勤務・営業〉中のキャストもいるようだ。

〈蝶天〉は店内に専属のビューティシャンがいて、髪やメイクを任せられるようにはなっている。すべてを任せられる分すべてが簡易になるのは否めないようだが、費用は店側が持つという。

早番というか、一時間前に入ってきた女性たちは、順番でビューティシャンを利用するのだと観月は説明を受けた。

キャストの七人のうち、二人は店に来てすぐにヘアセットを始めたようで、観月の挨拶のときには不在だった。

「今日から入る、ミズキちゃんだ」

総勢十五人に一旦ホールに出てもらい、オーナーの裕樹から一同に向けてそう紹介された。

――名前はどうする？　そのままの娘もいれば別名の娘もいる。これぱっかりは好みだよ。

寿司屋で裕樹に聞かれ、音が同じ名前がいいと答えた。それでミズキになった。挨拶の前には、名刺の束も渡された。実に速い仕事だ。

「初めまして。ミズキです」

ミズキ。初めての源氏名。

心の奥底がくすぐられるような、少し変な気分だった。

これはこれで感情の震え、蠕動《ぜんどう》だろう。

何ごとも経験だ。経験はなんであれ、心身を育てる。そうして少しずつ、子供から大人になってゆくのかもしれない。

（ああ）

幼虫から蛹《さなぎ》へ。

やがて羽ばたくなら蝶か。

この場合は、夜の蝶。

笑えないが、笑えた。

その後、バーカウンターに移動してミーティングになった。キャストは〈余裕のある〉子だけだが、黒服は全員だ。

キャストがまずスツールに座り、黒服は〈偉い〉順に座る。あぶれた者は立って聞く。

裕樹が毎日いるわけではなく、不在のときは店長らが主導するという。

観月にとっては裕樹の在不在はどうでも良かったが、京風スイーツのことは大いに気になった。

裕樹が来ない日は、店の従業員が時間までに運んでくるということだった。

カウンター上に出されたこの日のスイーツは、若緑色が散る麩饅頭《ふまんじゅう》だった。青海苔でも混ざっているものか、見るからに上品だ。

——京風という響きには、古来からの雅《みやび》にして上品のイメージがある。けどそれだけじゃなく、京には明治ご一新の波にもすぐ乗るような、進取の気性もあるんだ。伝統だけじゃなく、革新も京都の特質だよ。ただ、形を変え品を変えても、通底するものは淡美清麗に紛れもない。それが京風スイーツだと僕は思っている。

裕樹が〈四海舗〉で断言していた。

実際、丁寧に炊《た》いた大納言小豆を青海苔を混ぜ込んだ生麩で包んだ麩饅頭は、絶品だった。口に入れた途端に溶け、甘さと香りが口中に広がった。

（おおっ）

この瞬間、まだ多少は渋々だった〈蝶天〉でのバイトに、観月は完全に前のめりになった。

口中に後味を楽しみつつ、ヘアセット中でこの場にいなかったキャストの元にも運ばれるという麩饅頭をじっと見送る。

ミーティング終了後には、最後までいたキャストの数人と、黒服の何人かを裕樹に紹介された。

松田《まつだ》、大貫《おおぬき》、柴田《しばた》、亀岡《かめおか》の各フロアマネージャーは、本社のトップセールスだと言うだけあって如才なく見えた。腰が低すぎる気もしないではなかったが、それは素人の観月が口にすることではない。

GRだという〈ジュンナ〉と〈アキホ〉は、観月が初めて目にする種類の人間といってよかった。綺麗《きれい》なのは間違いない。スタイルがいいのも間違いない。ただ、どちらからも滲《にじ》み出る、凜《りん》とした張り、プライドのようなもの、それを気品と取るか、驕慢《きょうまん》と見るかは難しいところだろう。

他に、バーテンダーの京香《きょうか》も紹介された。今年で三十歳になるという京香は、白いウイングカラーシャツに黒いベストで、肩下のストレートヘアを後ろで一つにまとめていた。キャストを見慣れると全体に地味だが、清潔感は十分だった。

京香の印象は気さくなお姉さんといった感じで、ミーティングの後も向こうからフランクに話し掛けてくれた。

「普段、この中にいてあまりしゃべらないからさ」

一人だけノルマもない別の立場だからか、京香には刺々《とげとげ》しいところは微塵《みじん》もなかった。それどころか、

「さっき随分さ、目で追ってたよね。まだあるんだけど、内緒で食べる?」

と言って、辺りを気にしながらもう一つ麩饅頭を出してくれた。

京香、京香さんは、いい人だった。

それからは、ちょっとした化粧に着替え、開店準備の手伝いと慌ただしく働き、いよいよ〈蝶天〉がこの夜のオープンをむかえた。

フロアマネージャーに指図されるままに動き回れば、あっという間に時間が経った。二時間は過ぎたろうか。キャスト部屋のクローゼットから借りた小さなバッグに携帯と名刺は入れていたが、一度も開けなかったから正確なところはわからない。

もちろん、そんなわけで名刺など一枚も配っていない。そもそも、観月は〈ヘルプ〉

という補助の役回りだったので、どの席に回されても自分から名刺は配らない。だから携帯で時間も見なかったというのは、これは恐ろしく道理だったろう。

お澄ましさん、タカビー、鉄仮面、女王様かい。はたまた限りなく少数派だが、可愛い、綺麗、踏まれたい。

観月の無表情については様々な表現があったが、取り立てて文句を言う客は有り難いことに一人もいなかった。

そうして、十時を回った頃だったろう。そのくらいの来店だと、裕樹に聞いていた。だいぶキャストとしての〈作業〉に慣れた頃だった。

――ミズキさん。

フロアマネージャーの大貫の声が掛かる。

観月はついていた席の客とキャストに断り、大貫の後についてＶＩＰルームへ向かった。

このときは、カウンターバーは閉まっていた。どうやらバースペースは、必要に応じてスライディングタイプのパーテーションで仕切ることが可能らしかった。

ＶＩＰが通るときには閉めるのだろう。

「ここはね、ＶＩＰの度合いで一枚閉め、半閉め、全閉めがあるんだ」

大貫が教えてくれた。〈人の目〉と〈認知度〉の相関に拠り、開閉の幅を決めるようだ。

このときは全閉めだった。中から人の声は聞こえたから、閉めても使わないわけではないようだ。出入りはタイミングを見計らって、ということになるのだろう。

VIPルームには、脂ぎった顔の男が一人で座っていた。値の張るスーツ、紐《ひも》付きの議員バッジ。両腕を広げてソファの背もたれに乗せ、片方の足の腿《もも》上にもう一方の、大きく開いた足の踝辺りを乗せる。よく磨かれて光沢のある革靴は、羊革だったか。

見るべきところはそのくらいで、取り交ぜた印象は、やはり脂ぎった顔に収斂《しゅうれん》する。

それが、角田幸三というたしか五十歳になる衆議院議員で、国家公安委員長だった。

「お前か。東大生だという女は」

ガラガラとした声で、目はギラギラとしていた。

「そうですけど」

「来てやったんだ。礼の一つもないのか」

私が頼んだわけではありません、とはこの際、言えるわけもない。

ただ頭を下げた。角田が笑った。

「東大生は頭を下げないものかと思っていた」

「偏見をどうも」

「ふん。すかした女だ。やはり東大生だな」

水割りだ、と言って角田は短い足を組み替えた。

テーブルの上には、新品のブランデーと焼酎《しょうちゅう》のボトルがあった。特にブランデーは高級品だった。観月の記憶の中では紙面上で、三十万円は超えていた。和歌山のデパートの、洋酒フェアのチラシの目玉だった。

角田の近くに座り、焼酎に手を伸ばそうとすると、馬鹿と言われた。

「焼酎じゃない。ブランデーだ。俺はな、高い酒しか呑まんのだ。覚えておけ」

「――このブランデーを。水割りで」

「そうだ。高いブランデーはな。水割りでも美味《うま》いのだ。味が濃くてな」

「――馬鹿舌ですか」

「何だ？」

「いえ」

ここから約一時間、角田とのちぐはぐな遣り取りが続いた。

――胸を触らせろ。

――いやです。

――減るもんじゃあるまい。

――減らなくても、へこむかもしれません。

――へこむタマか。クスリとも笑わない東大女が。

――顔や態度の話ではなく、胸の話ですが。

——そうだった。触らせろ。

言葉だけでなく、実際、行動に出る角田をかわしてテーブルの周りを少しずつ移動し、一時間でなんと七周はした。

最後は、観月が呆れて飽きた。角田から伸びてきた手を躱《かわ》さずにつかんだ。

「これ以上やると、言いつけますよ」

「ほう。誰に言うと？　それで俺が怖がるとでも？　面白い。言ってみろ。誰にだ」

大学の小日向先輩に、と観月は言った。

さすがに、角田の動きが止まった。表情も固まる。

一瞬で悪い予感だけはしたのだろう。その辺の嗅覚は認めてやってもいい。

「な、なんだ。こ、こ。なんだ。ここ、こひひ」

「私、〈Jファン倶楽部〉の会長なんです」

「な、ななな、なんだなんだ」

「J、小日向純也先輩。議員もご存じですよね。ご存じの方のご子息ですから」

握った角田の手首から、一瞬〈血の気〉が引いた気がした。

「ふん」

手首を押さえる観月の手を振り解《ほど》き、帰る、と怒鳴るように言って角田は席を立った。

「東大女め。いつかその、すかした表情を崩してやる」

あ、また来るんだ、とはこれは礼儀として、言わない。

ブルーのフットライトだけの通路を角田が、裕樹に先導されて去る。

外への〈お見送り〉はＶＩＰの場合、目立つのでしないらしい。

「ふぃぃ」

溜息をひとつ。

「ふふ」

パーテーションの一部が開き、フットライトだけの通路に光が溢《あふ》れた。京香が顔を見せた。

「お馴染みさんだって聞いてたけど、苦手みたいね」

「えっと」

いけないイケナイと反省しながらも、こういうとき表情に出ないのは便利だ。

「何か呑む？」

「えっ。いいんですか」

「私から声を掛けたときは私の奢り。それがこのカウンタールール。ふふっ。ていうか、私の師匠のルールかな」

「師匠」

「そう。銀座の裏通りで、小さなカウンターバーをやってるのよ。銀座だけでなく六本木や新宿、渋谷。そこから、こういうバーカウンターがある店へは、けっこう私みたいなのが紹介されて入ってるの」

暖簾分けみたいなものかな、と京香は言った。

「へえ。じゃあきっと、凄い人なんですね」

「ううん。凄くはないかな。バーなんて、この日本じゃあね。みんな青息吐息で、どうにかやってるわ。――やってられるだけ、マシかも」

何を呑む、と聞かれた。

観月は首を横に、揺らすように振った。

「じゃあ、今日は呑まなくていいんで、麩饅頭の残り、貰えます？　まだありましたよね」

「ふふっ。目敏いわね。まだ七つあるけど」

「出来れば全部下さい」

「――えっと。お腹減ってるの？」

「いえ。頭が減ったっていうか、エネルギーチャージっていうか」

「ああ。――そう」

こういうとき、咄嗟《とっさ》に表情が作れないのは不便だ。流せない。

京香は目を細め、観月の無表情をじっと見詰めた。

十

「ああ。お陽様が気持ちいい。多分」

観月はこの日、〈四海舗〉にいた。件《くだん》の中庭の、半分ずつが陽と影に染まる円卓の奥の椅子だ。

午前に来て、温かい桂花茶《けいかちゃ》を貰い、少し眠った。

いや、たいがい眠っていたか。

秋晴れの、いい天気だった。午前の陽光に包まれ、風に頬を撫でられ、それで落ちた。

胸を広げ、大きく腕を広げ、背凭《せもた》れに寄せ掛けていた背中が痛い。

少し固まってもいるか。そのくらいの時間は寝たようだ。

円卓の陽と影が、見事に反転していた。

〈四海舗〉の松子はこの円卓を、太極と位置づけた。

――易経《えききょう》さね。太極、両儀、四象、八卦《はっけ》。当たるも八卦、当らぬも八卦の八卦さ。易経は大自然、森羅万象の営みだよ。

太極、両儀を生ず、という言葉は観月も知っていた。太極はすべての根源で、両儀は天地または陰陽、四象は四季あるいは五行、八卦は万物を指すというが、詳しくはわからない。

ただ、円卓を芯に主人と客人が来て、四脚の椅子が並べばこの中庭は宇宙だという。

少々歪《いびつ》だが、庭の周囲は八角形に作られているそうだ。

椅子に座ったまま、人より長めだと言われる手足を伸ばす。

足が長いのは羨ましがられもするから長所でいいだろう。が、そういえば腕が長いのはあまり褒められもしない。

などということを取り留めもなく思考していると、松子がトレイにクリスタルのカップを載せて現れた。

円卓にカップを置く。

「お代わりさね。これはサービスだよ」

「うん。有り難う」

椅子に座り直し、観月はカップを手に取った。仄《ほの》かな温かさが、掌《てのひら》を通じて伝わってくる。

桂花茶の甘く芳《かんば》しい香りが立った。口をつければ優しい味がした。

この花茶には、多種の鎮静成分が含まれるそうだ。

「よく寝てたから起こさなかったけどさ」

言いながら松子は、トレイを隣の椅子に置いて観月の正面に座った。

「で、どうだったんかね？　アルバイトの方は」

「どうもこうもさ。松婆」

「店長とお呼び」

「店長。どうもこうもさ」

観月はカップをテーブルに置いた。

先週金曜日からの、裕樹と約束の五営業日、ワンクールはひとまず昨日の木曜日で終えた。

「ひと言で言えば、ただ疲れただけ、って感じかな」

「おや。宝生息子に見込まれた割りに、収穫無しかね」

「無しっていうか。初めてのことばかりだからさ。どれが有りでどれが無しやら。その感想のまとめすらこれからって感じ」

観月の場合には、特に接客に対するストレスが大きい。表情を〈装う〉ことは感情にバイアスが掛かって以来、常に気を付けてきたことだが、普段の生活と水商売とでは、慣れないせいもあって神経の使い方が桁違いだった。

その他にも、お客の酒を作る、煙草に火をつける、灰皿を替える、アイスペールを替える。

ヘルプとして最低限こなさなければならない役割は色々とある。

目的は別にあるとはいえ、基本的にはホールで働いて賃金を貰う立場に変わりはないのだ。不審に思われてはキャストとの距離も壁もなくなりはしない。近づくには、観月自身がキャスト然として振る舞うことが大事だった。

「それにしてもさ。松婆」

「店長」

「店長。今まで経験してきたアルバイトとはさ。まったく別物って言うか、異次元って言うか」

お客を盗《と》った、盗られた。

初見の客も、どの筋からかを辿って私が貰うのなんの、あんたなんかにはあげないのなんの。

ヘルプの腕が悪いの、足引っ張んないでよ、とかなんとか。

邪魔しないでよ、勝手なことしないでよ。

観月は桂花茶を取り上げ、もうひと口飲んだ。

「夜の蝶の戦いって言うのかな。――なんかね」

「ふん。なにが夜の蝶の戦いだね。それこそ夜も昼も、仕事の区別も差別もありゃしないよ。生きていくってのは、何をしたって戦いだからね」

「そういうもの?」

「そういうものさね」

松子が訳知り顔で頷く。

「わっかりたくないなあ」

ささやかな抵抗、学生の特権、職業選択の本来なら自由、現在は不自由。

「もちろん、働くことから逃げようとするわけじゃないしさ。働くことが嫌いなわけでもないけど。――なんかね」

ふん、と鼻を鳴らして松子は立った。

「なんにしろ、その様子じゃあ、身体も頭もお疲れは間違いないようだね。――いくつ行っとく？」

このいくつとは、本郷裏界隈名物、〈四海舗〉の条頭のことだ。

松子はいつもそんな聞き方をしてくるし、観月にも違和感はない。それだけかどうかは別にして、条頭は必ず食べるからだ。

そう言えば、うたた寝の間に午前から午後に陽射しが変わっていた。空腹は間違いなかった。

「五皿？　ううん。今日は奮発して、七皿かな」

「たしかこれも、もうあれさね。宝生息子の奢りにカウントされるけどね」

「じゃあ」

十五皿、と観月は躊躇《ちゅうちょ》なく言った。

「へえ。若さかね。お疲れモードの割りに、お腹《なか》は元気じゃないか。いいや、現金なのかね」

「どっちもよ。それに、特にお腹にはさ、エネルギーを溜《た》めておかないと」

観月が言えば、松子はかすかに首を傾げた。

「――わからないね」

「来週もあるんだ」

「あれま。昨日で終わりじゃなかったのかい?」

「今週はさ、銀座の夜に当てられたっていうか浮かされたっていうか、無我夢中の五里霧中だったからね。このままじゃ、本当にただのアルバイト、給金泥棒の菓子泥棒になっちゃうし。寝覚めも悪いってやつでね。OJT、オン・ザ・ジョブ・トレーニング」

「なんだい」

「簡単に言っちゃえば、習うより慣れろ、かな」

「なるほど」

「で、もうワンクールって言うか、今日は行かないつもりだから、もう四日間」

「ふうん」

松子は空を見上げ、しばし考えた。

「なら、最後は大安だね」

松子は言って、一度店内に戻った。それから三度に分けて条頭を運ぶ。

「やっぱり、美味《うま》いね」

「美味《お》しいってお言い。お里が知れるよ」

「了解です」

サービスの桂花茶と、十五皿の条頭を堪能する。

あともう五皿、いや、十皿を追加で頼もうかと迷っていたところで、観月の携帯が振動した。

円卓の上だ。重ねた十三枚の皿が騒がしく音を立てた。

携帯を見る。

液晶に浮かぶ発信者名は観月と同じ二年の、早川真紀《はやかわまき》だった。

手は条頭で忙しかった。それでスピーカにした。

「ふぁい」

いけない。条頭が喉に絡んだ。

――ちょっと。ふぁい、じゃないわよ。どこで何してんの？　来ないなら勝手に行っちゃうわよ。

出るとすぐ、そんな声が聞こえた。

真紀は理I工学部志望で、進路こそ違うが、前期三学期までの駒場ではなにかと一緒だった。

真紀の父親はアップタウン警備保障の経営者で、この会社はキング・ガードと毎年、業績でしのぎを削るセキュリティ業界のツー・トップだ。二期連続で首位を取ったことがあるのはアップタウンだけ、というのが早川家及びアップタウン関係者の自慢らしい。

真紀も両親からの帝王学というか、〈何か〉を受け継いで、すでに女帝や女傑、その卵としてのオーラは隠れもない。

東大で工学部を志望したのも、企業のセキュリティ構築を、設計の段階から主導し、場合によっては統括するためらしい。

そんな真紀は馬が合うというか、アイス・クイーンたる観月を理解し、理解して且《か》つ、歯に衣着《きぬき》せずものを言ってくれる、得難い仲間だった。〈Jファン倶楽部〉のメンバーでもある。

「えっと」

行っちゃうわよ、という真紀の言葉を、脳内記憶野でキーワード検索に掛ける。

――。

超記憶とは便利なようで、普段の生活にはあまり関係がない。かえって膨大な記憶の中に、ちょっとした約束や興味は埋没《まいぼつ》しかねない。

今がまさしくそうだった。

「ねえ、真紀。なんだっけ？」

実際には、こうして聞く方が手っ取り早いこともある。

超記憶とはなんぞや、と、偶《たま》に思わないこともない。

「なんだっけじゃないわよ。J様とサロンの打ち合わせじゃない。まさか忘れてたの？

余計なことは呆れるくらい、全部覚えてるくせに」

「うわうわうわ」

手に持った十四枚目の皿を重ね、十五枚目を流し込むようにして、

「行く。十分、いや、七分待って」

立ち上がりながら最後の皿を重ね、観月は〈四海舗〉の中庭を後にした。

十一

真紀たちとの集合場所は、本郷通りの東大赤門前だった。

観月は六分で辿り着いた。

「ごめん。本当にごめん」

赤門の前には、腕組みで仁王立ちの真紀の他に、〈打ち合わせ枠〉一杯の八人がいた。

今回は四年生が四人で三年生が三人、二年生が観月と真紀の二人で、一年生は杉下穂《すぎしたほ》乃果《のか》の一人だけだった。

観月を除き、これが今回の、くじ運のいいメンバーだった。

学年と人数が偶然にもシンクロする割合になったが、そもそも一年生の会員は穂乃果一人で、入会したばかりだ。駒場キャンパスにあるブラッスリー〈ルヴェ ソン ヴェール駒場〉のテラス席に居た純也を、たまたま見掛けたらしい。

このブラッスリーは約七か月前の三月、〈旧制一高同窓会館〉を全面改修して東京大学のゲストハウスとしてオープンした、駒場ファカルティハウスの一階にある。坂下門から構内に続く小道を歩けば、テラス席はすぐ近くに見える。

穂乃果は純也を一目見ただけで俄然《がぜん》、興味を持ち、すぐに動いて〈Jファン倶楽部〉に行き着いたようだ。

入会してすぐのくじ引きに当たったのだから、運は強烈に良いのかもしれない。

穂乃果は文Ⅲ文学部志望で、将来は大手新聞社の記者になりたいらしい。

政治経済、グローバルに社会、希望はその辺らしいが、実際にフットワークは軽く、十九歳にして洞察力はすでに、その辺の〈いい大人〉よりはるかに高いように観月には思えた。

――ありゃあ、きっと敏腕記者になることだろうよ。

と、男前な発言をしたのは、くじ引きを終えた後の真紀の感想だ。観月も同感だった。運の良さは、優秀な記者になるために必要不可欠な要素かもしれない。

あるいは、最低限の条件か。

会長が遅れておいてなんだが、全員が揃ったところで純也との待ち合わせ場所へ向かう。

赤門前から本郷通りを、都営大江戸線の本郷三丁目駅方面に向かい、本郷キャンパスの敷地に沿って左に折れる。すると道は一方通行になるせいか、車の往来は極端に減るが、本郷三丁目駅の四番出口が近いからか、人の流れはさほど減らない。むしろ多くなる感じだ。

そこから懐徳門《かいとくもん》を過ぎ、総合研究博物館を見る辺りに、目的のオープンテラスのカフェはあった。

純也は午後の陽を浴びる席で足を組み、ゆったりとコーヒーを飲んでいた。

実に様になる。絵画のようだ。

観月と純也の出会いは、約六か月前、駒場ファカルティハウスがオープンして一か月ほど過ぎた日のことだった。

ブルーラグーン・パーティの腐った根っこを関口流古柔術でぶっこ抜き、澱《よど》みを一掃してようやく落ち着きを見せ始めた春だ。観月は二年生になっていた。

キャンパスプラザの部室から、観月は正門に歩いていた。

やがて始まる新歓のサークル勧誘に向け、立て看板を確認するためだった。

南館を過ぎた辺りで、出会いの場面はやってきた。

サークルこそ違え、同じキャンパスプラザのA棟に部室がある真紀も一緒で、大欅《おおけやき》の下だった。

――君が、小田垣観月君かい？

声と共に大欅の梢《こずえ》を鳴らし、目の前に降り立ったのが白馬の王子ならぬ、小日向純也だった。

――白子での一部始終、その後始末の全部、見させてもらったよ。やるねえ。

純也も自分が関わるサークル仲間から頼まれ、ブルーラグーン・パーティの悪事を阻止しようと思っていたらしい。

それを先に観月が手を出し、あっさりと片付けた。

――それにしても、君。不思議な目。いや、心かな。

この言葉で、もう観月はまったく駄目だった。純也に嵌まった。

若宮八幡神社の境内でパチンと指を鳴らし、

――不思議な目をしている。いや、心かな。

そう言って、観月の内側を初めて覗き込んだ、噎《む》せるような、甘い杏仁に似た匂いのする男、磯部《いそべ》桃李《とうり》。

杏仁の匂いは、初恋にも似て――。

だがそんな磯部と、言葉は似ていても純也の印象は桁違いだった。

中東の熱砂を含んだ風の匂いがした。

観月の胸に、その風に当てられて小さな熱が生まれた気がした。

感情の揺れ。

かすかにまた、心が蘇る兆し。

それで思わず、

――先輩、いい男ですね。私とお付き合いしてくれませんか。

公衆の面前で、いきなりそんな告白をしてしまった。

周囲の女子の悲鳴がまるで渦のようだったことを覚えている。

この一連の出来事は、東大駒場キャンパスである意味、一つの伝説となっているようだ。観月が〈Jファン倶楽部〉の会長となる切っ掛けでもあった。

観月の目にも小日向純也という先輩は、不思議な男だった。

日本を代表する複合企業、KOBIX創業者一族にして、現民政党幹事長を務める小日向和臣と、トルコ・コウチ財閥に繋《つな》がる一部上場企業、日盛《にっせい》貿易会長夫妻の一人娘にして銀幕の大スターだった芦名香織《あしなかおり》の間に生まれた次男。

それだけでも凄いのに、幼い頃に父・和臣の赴任先であるカタールで母を失う悲劇に見舞われ、行方不明になりながらも、独力で生き延び帰国を果たした奇跡の子。

華麗なる一族のハーフ、トルコと日本のクウォータ。

彫りが深く浅黒く。

容姿にも来歴にも、表現しようとすればエピソードも形容詞も枚挙にいとまがない。

法学部四年生になる現在はもう、すでに今年度の国家公務員I種一次試験トップ合格者にして、警察庁に入庁することが内定していると聞く。純也らしく、純也に相応しい職場だと、会合という名の呑み会で何度も話題に上った。誰もが自分のことのように、誇らしく語ったものだ。

なんと言っても、国家公務員I種一次試験トップ合格者は、通常で行けばキャリアとして、いずれ警視総監、警察庁長官はまず間違いのない不動の一番手だ。

そんなスーパースターが、いつまで観月たちの〈活動〉に付き合ってくれるものか。

寂しいことだが、カウントダウンはすでに始まっている。

〈打ち合わせ〉という名の、くじ引きで当たった者たちだけの〈J鑑賞会〉もカウントダウンの内に入っている。しかも、ほぼドリンク一杯飲む時間だけ限定だ。

それぞれの前に思い思いのドリンクが届き、ふと気が付くと、純也の目が観月を見ていた。

「何か？」

　聞いてみた。

　ただ見詰められると尻の据わりが悪いような気もするし、何より、他の会員九人の目が怖い。

「小田垣。なにやらさ、面白そうなことをしているようだね」

　と、純也は微笑を浮かべてコーヒーに口を付けた。親しみを込め、みんなで〈チェシャ猫めいた〉と称している笑みだ。

　悪戯《いたずら》気な、意地悪気な、無邪気な。

　言葉にすればそうなるが、実際に思考の奈辺も底も知れない。それも人を引き付ける魅力の一つだったろう。

「おっと。それ以上は」

　真紀たちに聞かれ、そこから聡子の耳に入ることは今のところ避けなければ、とは単純に思う。

　が、このときは純也に知られていて、真紀たちに知られるかもしれないということが少し気恥ずかしかった。

　表情には出ないが、そんな感情は失われたわけではない。

　何よ、何々、と純也を取り囲むように座った会員女子一同は興味を示したが、

「あの、それでサロンですけど、先輩。どうでしょう。やっぱりこれで、最後になっちゃいますか？」

話の矛先をそちらに振れば、全員のかなり真剣な目が一斉に純也を向いた。

〈小日向純也の卒業〉

なんと言ってもこれが、〈Jファン倶楽部〉会員一同にとって、今年度最大の関心事だった。

「そうだねえ。卒業記念にもう一回って言われれば、まあ、やぶさかではないかな。色々、やって貰ったしね」

うわぁ、とまず四年生の間から歓声が上がり、三年生に伝播《でんぱ》した。

四年生には卒業で地元に戻ったり、遠方に仕事が決まった者たちもいた。

そういった意味でも、特に四年生には今回のサロンが、純也との〈お別れの会〉の積もりだったのだろう。

――じゃあじゃあこの際、大々的に赤坂辺りのホテルのホールを借りてさ。

――えっ、そんな費用、誰が持つの？

――出させるの。社会人の会員さんから。＊＊さんとか××さんとかって、もう彼氏がいるのよ。

――マジマジ？

――ドクターと商社マンですって。

――出させましょう。その辺からも。J様を諦めたのかしら。夢がないもの。

――そうよねえ。それが良いわよねえ。悔しいものねぇ。

「なんともまあ」

純也はまた微笑を浮かべた。ただしこちらはチェシャ猫めいてはいない。ただの苦笑《にがわら》いだろう。

やがて、サロンの日程とラストサロンの開催を確認し、打ち合わせを終える。

「さて」

純也が店の店員にチェックを頼んだ。打ち合わせ会は純也が持つ、というのは初代会長、大島楓の頃からの通例らしい。

「ああ。そうそう。小田垣。覚えておいた方がいい」

帰り支度の純也が、観月に目を向けた。

「夜はね。闇への入り口だ。特に新宿、銀座、六本木などは、闇への扉が簡単に開く。夜に舞うなら、気を付けるんだね」

「闇、ですか」

「そう。新宿なら今はロシア、オデッサかな。六本木は同じくロシアのブラザーズとアジア系が幅を利かせていて、銀座は半グレとチャイニーズ辺りか。闇は多く、深いよ」

「はあ」

周りを気にしながら曖昧に頷く。だが純也は意に介さないようで、話を続けた。

チェックを待つ間の話にしては、少しどころか大いに重い。

「まあ、それでも日本は治安がいいからね。なかなか昼日中から闇には落ちないけど。そのかわり逆に、闇から直接、日中に戻ることも少ないよ」

「うわ。格好いい」

そう言ったのは真紀だ。

が、このセリフを格好いいとするかどうかは、純也のプロフィールを思い出せば大いに考えものだ。

戦火の中東を一人で生き延びるとは、どれほど過酷だったか。平和大国日本に生まれ住み暮らしても、想像することは出来る。

想像は出来るが、想像は現実に追いつかない。

イマジネーションを超える現実の、なんという。

万里《ばんり》波濤《はとう》の先に広がる大陸、異国、異世界。

和歌山から何人もの鉄鋼マンが渡っていった、外の世界。

磯部桃李、ハーメルンの笛吹きもどき。

観月にとっては、まだ遠い世界だ。

遠さに夢を見て東大を志望し、観月は外務省を目指した。

(みんな、どうしてるかな)

観月がそんなことを思考していると、

「じゃあ、外国はどうですか」

記者会見さながらに、穂乃果が質問した。

間の良さもまた、記者には必要な感覚だろう。

「そうだね」

純也は一度、顎に手を置いた。それだけで様になった。

「治安の悪い国なら常に白夜、戦地なら常に無明。そこに昼と夜の区別はない。生と死の別もない。走り続けなければ身体は四散し、想いを持ち続けなければ心は霧散する」

声が響いた。生と死の間から響くような。

これも魅力の一つだろう。

「ははっ。逆に、そんな国ばかりでもないけどね。ハワイのコナはコーヒーが美味しいし、朝焼けのパリのブーランジェリーで買い求めるリュスティックは格別だ」

煙に巻かれる感じだが、乙女は夢と現実の間に夢を見る。

〈Jファン倶楽部〉に在籍する女子は、たいがい乙女だ。

十二

同じ日の、夜だった。八日目の月が西の空にあった。

この夜、観月はさすがに〈蝶天〉に出勤する気はなかった。月曜から四日間を出勤するという話になっていたし、サロンの打ち合わせがあったからだ。

別にその後に真紀や穂乃果を始めとする九人とどこかで呑むとか、そういう約束があったわけではない。

それぞれが各自、〈生J〉との触れ合いを一人で噛《か》み締める。堪能する。反芻《はんすう》する。

これが実は、サロンの打ち合わせの後の暗黙の了解だった。

裕樹から掛かってきた電話が、無情にも観月のそれを破った。

ドミトリーに帰るべく、笹塚の駅に着いた直後だった。

角田が来るという。

小日向純也と、角田幸三。

月とスッポン、いや、もっと現実的で生々しいか。

白馬と駄馬。

そう思うと、少しむかついた。

「ああ。そうですか。来させればいいじゃないですか」

冷たく邪険に言い放った。

――ああ。電話だとよくわかるね。そうあからさまに冷たく邪険にされると悲しいが。

それにしても、ご指名でね。

「何がです」

――角田先生が。

「何をです」

――君をだ。

「わかりませんね」

――僕もわからない。

「失礼ですね」

――自分で言ったんじゃないか。とにかくご指名だ。助けてくれると有り難い。

黙っていると、裕樹の口から数字が出た。純也を想えば現実的で生々しいが、三度違った金額が告げられたところで、イマジネーションは現実に追い越された。

「仕方ありませんね」

〈角田オンリー〉という約束で承諾した。結局これで今回も金曜から木曜まで、出勤予定はフルのワンクールになった。

ささやかな抵抗のつもりで少し遅れ気味に、十時を回って入店したが、角田の来店の方がさらに遅かった。

十一時を回った頃、VIPルームに向かった。この日はどこかでしこたま呑んできたものか、角田は前回に来たときよりはるかに赤ら顔だった。

「あれから、クールな女もなかなかいいと思い返してな。いや、金を使ったんだから楽しかったんだと思い込もうとか、そういう下衆《げす》のみみっちい根性ではない。私は内閣府特命担当大臣防災担当兼国家公安委員長だ。だから、一度金を使った女をそのままにしてはおかないということだ」

「よくわかりませんけど、どこかで大分呑んできました？」

〈高級ブランデーの水割り〉を作りながら聞いてみた。

「当たり前だろう。素面《しらふ》でこんな店に来られるものか」

「ああ。――それで、何時から呑んでるんです？」

「そうだな。今日は四時くらいからだ」

なるほど、呑み始めて調子がよくなり、それで呑まなければ来られない〈蝶天〉に連絡を入れてきたものか。

「四時って、じゃあ、もう七時間以上も呑んでる計算じゃないですか。二日酔いにでもなったら、会期中の臨時会に差し支えが出るのでは」

「ふん。東大女は物知りで困る。ま、国会などは大したことはない。俺の仕事は選挙で勝つことだけだ。後は寝て暮らす。それが政治家だ」

「なるほど。いかにもなお言葉ですね。それを聞いて安心しました」

「何がだ」

いいえ、と言いつつも観月は作り掛けの水割りの濃度を上げた。

それからはまた、前回の繰り返しだ。が、Jのことを口にしたからか、触らせろとは言ってこなかった。

そのかわりとにかく、隙あらば触ってこようという気配は前回より満々だった。しかも大いに呑んできた分、大いにしつこい感じはしたが、呑んできた分、逆に観月には随分と楽だった。

楽に躱しつつ呑ませつつ、緩急のうちに観月は角田を巻き込んだ。

それで閉店の案内より少し前に、角田は音を上げた。ブランデーの水割りは、この時点で酒と水で半々の濃さになっていた。二日酔いになったところでどうでもいい。大したことはないと言ったのは本人だ。

お時間ですが、とVIPルームの外から裕樹の声が掛かった。

「くそ。今日はこのくらいにしておいてやるか。またしてもしぶとい女め。いつかそのすかした表情を、崩してやる」

フラフラしながら捨て台詞《ぜりふ》を忘れず、角田は席を立った。

「受けて立ちます。と言いたいところですけど、どこかで呑み始めてからではなく、とにかく予約はお早めにお願いします」

ブルーのフットライトだけの通路を、また裕樹に先導されて角田が去る。

姿が見えなくなって初めて、疲労感が全身を巡った。気疲れというやつだ。

「ふぃぃ」

「ふふ」

観月の溜息に、かすかな笑い声が重なった。

パーテーションの一部が開き、フットライトだけの通路に光が溢れた。

それだけで癒されるというものだ。

店の者たちには悪いが、観月には光は有ればあるだけいい。

主に陽光の下で生きてきた。

光は軽く、暗さは重いものだと知る。

夜の蝶には、どう転んでもなれそうにない。

「お疲れみたいね」

言いながら、光を割るように京香が顔を出した。

「そうですね。体力には自信有りますが、精神力はその限りではありません」

「じゃあ、作ってあげようか」

「え、何をです」

カクテル、と京香は言った。

「私のオリジナル。頑張ってる人にさ、ときどき作ってあげるの。割りと元気が出るって評判なのよ」

「へえ」

「座って」

促されてスツールに座る。

VIPルームからは一番近く、ホールからは一番遠い席。

観月は決まってそこに座った。

「ああ。京香さん」

シェーカーを取り上げようとする京香に、カクテルは要らないと断った。

「あら？」

「その代わり、ミーティング・スイーツの今日の分、残ってませんか。苺《いちご》クリームの羽《は》二重餅《ぶたえもち》、抹茶塗《まっちゃやまぶ》しだって聞きました」

「え、ああ。二つ残ってるけど。——そう。残念」

京香はシェーカーを仕舞い、代わりにカウンター下の保冷庫から、小皿に載った半生菓子を取り出した。

抹茶の緑も鮮やかで、柔らかなフォルムが上品だった。

「でも、いつでも言ってね。作ってあげるから」

京香はそんなことを言ってくれた、ようだが、あまり耳に入っては来なかった。

抹茶の香りと渋みが苺の酸味とよく合い、羽二重餅とクリームの甘さが全体を包んで格別な味わいだった。

二個しかないのが、なんとも残念だ。

あっという間に平らげ、

「ご馳走様」

と京香に頭を下げると、なにやら閉店後のホールが騒がしかった。

店長と副店長は会計スペースと本社部屋に分かれて売り上げの集計で、若いスタッフは後片付けと掃除、ホールではラストまでいたキャストが、GRやフロアマネージャーとミーティングというのが閉店後の決まりというか、常だった。

ただ、キャストについてはこのルーティンは緩い。アフターで早々に退席の娘もいれば、明日の朝から仕事や学校の娘もいるからだ。

「なんか騒がしいですね」

京香はわかっているようで肩を竦めた。

「苛《いら》ついてるみたいねぇ。疲れてるのかな？　ああいう人にこそさ、私は私のカクテルを呑ませたくなるのよねぇ」

　それでなんとなく観月にもわかった。

「なるほど」

　やおら、立ち上がってホールに戻る。

　GRの一人と取り巻きが、本当に一人のキャストを〈取り巻〉いて、何やら揉《も》めていた。

〈ジュンナ〉という名で店に出ているGRだった。本名は山田《やまだ》恵子《けいこ》というらしい。普通よね、と初日に自嘲と共に言っていたのを覚えている。お酒があまり強くないともこぼしていた。

――だから人より頑張らないとさ。

　とは、観月にというより自分に向けた言葉だったような気がする。

　それが今は、京香が言うように、ジュンナは少しというか、大分眉が吊《つ》り上がっているように見えた。

　プライドは間違いなく高く、それがプロの意識と言えば聞こえはいいが、時に驕慢にも見え、それ以上に売り上げには、ジュンナは誰よりもシビアだった。

　上手くいかなかった、酒をこぼした、などなど。

　アフター無しよ。太客なのにどうしてくれるの、などなど。

こういう文句は、言えば言うほど自分で自分を殴るようなものだ。それで相手に向ける攻撃性が、さらに高まってゆく。

言われているのは、アルバイトのキャストだった。

フロアマネージャーの二人が、近くのソファで別のGR以下を集めて話をしていたが、わからないはずはないだろう。見て見ぬ振りということか。

裕樹はフロアマネージャーがホールの全体を見ると言っていたが、激高したGRに強く出られるような者はいないようだった。

いい営業マンがいい管理職とは限らないという典型だ。このことは、まだ働いて六日間程度だが観月にも見えていた。

場面的に、観月の嫌いなシーンだった。

寄ってたかっても成り行き任せもことなかれも、観月には無縁のワードだ。

「私、そこまでの責任を負う立場じゃないですから」

アルバイトはどこかの女子大生で〈キラリ〉といい、本名も綺里《きらり》という娘だった。観月より半年ほど早く入店していたが、同い歳《どし》らしく気さくに色々教えてくれた。世話好きっぽいが、鼻っ柱の強さはそのときから隠れもなかった。

「なんですってっ。こ、このっ」

ジュンナの手が上がり掛け、キラリが負けじと顎を突き出した。

修羅場の予感がした。

(参ったなア)

ショートボブの髪に右手を差し、観月はヒールを脱いだ。

小さく一つ呼気を吐き、右足を前に進め、髪に差した手をその膝に乗せる。

形より入り、形を修めて形を離れる。関口流古柔術の基本だ。

呼気が小さく巻き、自身の身体を浮揚させるイメージが出来た。

観月はホールの絨毯を蹴り、始動した。

音もなく二人の間に割って入り、ただ風のようにすり抜ける。ただし、本当にただすり抜けたわけではない。

手を取り足を掛け、自然な拍子の間《ま》に間《ま》で相手の力を利し、以て〈すべて〉を投げ飛ばす。

「きゃっ」

「えっ」

ジュンナとキラリ、それぞれが弾《はじ》かれたように宙を飛び、真反対にあったソファの上でほぼ同時に跳ねた。

観月にとっては当然のことだった。そんな風に仕掛けたのだ。

しかし、他の誰にも、何が起こったのかはわからなかったはずだ。

それも観月にとっては、よくあることだった。

「ジュンナさん。手を上げたら駄目です。傷害で訴えられたらあなただけじゃなく、店も困りますよ」

「え。え。あ」

「キラリちゃん。あんたもさ、アルバイトだから手を抜いていいってわけじゃないし、悪いことは悪い。間違ったらご免なさい、でしょ」

「あ、うん」

そのまま顔をフロアマネージャーに向け、

「こういう場を管理するのが、フロアマネージャーじゃないんですか。出来ないなら失格。辞めた方がいいと思います」

無表情がこういう場合、良くも悪くも効く。アイス・クイーンの面目躍如たる場面だ。

誰も何も言わなかった。音自体が絶えていた。

観月は一人背を返した。

通路の方で青い光の中、京香が音のしない拍手をしていた。

十三

翌週の月曜日になった。二十五日だ。

ついでに言うなら友引になる。松子ではなく、これはこの朝にドミトリーの竹子に言われた。

〈蝶天〉でのアルバイトの日だったが、観月はこの日、やむを得ぬ事情で出勤が少し遅くなった。

通常なら観月は、午後八時オープンの一時間前までに必ず入ることにしていた。

マッシュボブの髪もそのまま、場合に依っては手櫛を掛けるだけで、化粧も申し訳程度に口紅を引くだけなので、実は十分前に入っても開店までに身支度は整う。

にも拘らずその時間に入るというのは、頼まれ事の情報収集というか、きちんとミーティングに参加するというか、進んで開店準備を手伝うというか——。

そんな殊勝な勤勉さもないことはないが、多分にこれは口実で、入るのは当然、日替わりでミーティングに供される、その日の甘味のためだった。

裕樹が〈蝶天〉で振る舞う京風スイーツは、特にその日の出勤人数を反映したものではない。賞味期限のことも製作個数のことも、材料原価のことも、とにかく日々、色々あるのだろう。

そのため、運ばれてくる数には当然限りがあり、しかも日によってランダムだ。余る日もあれば早々になくなる日もある。

出勤日に必ずゲットするには、オープンまで一時間が目安で、残り四十分がデッドラインだと観月は踏んでいた。これが三十分になると、たとえ余っていたとしても店内は完全に開店準備モードに入り、甘味は仕舞われ閉店の時間になるまで出てきはしなかった。

しかも、物と量によっては〈銀座ワン〉のスイーツ店に返品されることも、ないではない。

この日は、第五十五回駒場祭委員会の説明会にブルーラグーン・パーティの部長として参加した関係上、どうしてもいつもより銀座到着が遅くなった。

気持ちは少々前のめりではあった。足も速くなる。

それでもなんとか、本当はそのタイミングなら、ぎりぎり間に合う時間ではあった。

しかし、店に入ろうとすると、

「ちょっと」

と、雑踏の中の誰かに呼び止められた。足はすでに〈銀座スリー〉の敷地に一歩踏み込んでいた。

振り返れば歩道にジュンナと、そのグループの二人が立っていた。

金曜の晩に、キラリを囲んでいた三人のうちの二人だ。

「ねえ。ミズキちゃん。ちょっと付き合ってくれる？」

とは言いながら、ジュンナはこちらの是も否も聞かず背を返して歩き出した。

そこから、取り巻きの二人に前後を挟まれるようにしてカフェに向かった。〈銀座スリー〉からほど近い路面店で、前面が総ガラス張りになっている洒落た店だ。

通りに面した、四人掛けの席に案内された。一方のソファの通り側にジュンナが座り、内側にもう一人が座った。

観月もジュンナと対面の席を指示されたが、通路に立ったままでそれは断った。〈窓側〉は、座ったが最後身動きが取れない席だった。

先にもう一人を座らせ、店内の通路側に座った。

ブレンド四つ、と誰にも聞かずにジュンナが通り掛かった店員に注文した。

店員が去ると、恵子はすぐにテーブルの上に、肩を入れるように身を乗り出した。

「この前はさ、よくも舐《な》めた真似してくれたじゃない」

いろいろ言われるのだろうと覚悟はしていたが、本当に色々と言われた。

――そもそも最初からさ。そのすかした顔が気に入らないのよね。

――あのさ。私たちは身体が資本なのよ。

――あんたさ。壊れてたらどうしてくれるの。私の稼ぎ分、払えるの。

――それからさ。痣《あざ》が出来てもさ。消えるまでの間、補償してくれんの？　出来んの？

などなど。

まあ、よく聞くパターンの、一方的な言い分だ。

身体が資本というのも、壊れたら、痣が出来たらというのも、ジュンナが手を振り上げた相手にも同じことが言える。

観月に対するクレームとして、身体が資本だということにはまあごもっともと言ってもいいが、壊れたら、痣が出来たらというのは愚問だ。

壊れない方向に、痣など出来ない力加減で投げたのだから。

――議員さんのお気に入りだからってさ。いい気になってんじゃないわよ。

――ふふっ。教えちゃおっかなア。ドレスは詰め物ですって。議員さんのお熱も冷めちゃうんじゃない。

いい気にはなっていない。そもそも知らないオジサンだ。

お熱も冷める、というのは実は、願ったり叶《かな》ったりだったりする。

それよりも――。

全体としてこの場のシチュエーションに、観月はなんとはない懐かしさを感じてもいた。

純也に公衆の面前で告白して以来、暫時〈Jファン倶楽部〉を名乗る女たちの陰湿な攻撃にさらされた時期があった。その頃のことが思い返された。

現在のシチュエーションの引き写しのような場面も、観月は駒場キャンパスで、幾度となく経験済みだった。

だから、ただ――。

受け流せばよかったのかもしれないが、頼んだコーヒーが出てきたところでもう、〈蝶天〉の開店まで四十五分しかなかった。

「あのう。茶番はもういいですか」

「――えっ」

わからないといった顔で、ジュンナの動きが止まった。

「時間が勿体ないので」

言いながら、観月は総ガラスの窓の外を見た。

少し離れたところに、たぶんハンディカムを構える女がいた。キラリを囲んでいた取り巻きの、残る一人だ。

最初から離れたところにいることは、観月に向けられた刺すような気配でわかっていた。

観月を怒らせ、切れさせ、手を出させ、それを動画に撮って、さてどうするか。

店に提出して観月を辞めさせるよう店長に談判するか、どこかの医者に大げさな診断書を書かせ、慰謝料や賠償金でも要求するか、その両方か。

繰り返しになるが、〈一時間前入店〉に気持ちは前のめりだった。こういう言い方は火に油を注ぐ結果になると、理解は出来ても止まらなかった。

それに、ジュンナの様子がいつもと少し違うことにも、このときは同様の理由で深慮が及ばなかった。

後で思えば、前週の金曜より、少し痩せていたかもしれない。もう一度投げ飛ばしてみればわかったのだが、これは言っても詮無いことだ。

「馬鹿馬鹿しいことはよしましょうよ。私は何もしませんよ」

「——何よ、それ。何よっ」

恵子の顔が引き攣《つ》り、肩が小刻みに震え始めた。

怒りが吹き上がる予兆。

そのことはわかった。止められないこともだ。

「お金を一生懸命稼ごうとして、何がいけないのよ！　あんたに何がわかるのよっ」

怒声がジュンナの喉を衝《つ》き、動き出した手が水の入ったグラスに伸びた。

掛けられるのを黙って待つ義理はない。だが、そのまま避《よ》けては斜めに座る観月から背後の通路、延《ひ》いてはその奥の席にいるお客に迷惑が掛かるかもしれなかった。

対処しなければならないと思う余裕も手段も、観月にはあった。

隣の取り巻きの襟首をつかんで引き寄せる。

拍子が合えば重心を崩すのは簡単で、それを引き寄せるのは造作もない。

「きゃっ」

そうするとジュンナの隣、観月の真正面に座る一人もコップを持った。

「舐めるんじゃないわよっ」

その水は簡単だった。

立ち上がって通路に避ければよかった。

「おわっ」

背後の席に座っていた男性が後頭部から水を受けたが、どうでもよかった。

なぜなら――。

「自業自得、ってやつですよね」

背後の席に回り込んで、上から冷ややかに見降ろした。

〈蝶天〉のホールスタッフの一人が水を滴らせつつ、ばつの悪そうな顔をしていた。

「お、俺は、ただ見てるだけで」

「金曜もそうでした。フロアマネージャーのすぐ後ろで」

「あ、――いや」

「敬《けい》君。ゴメン」

図らずも水を掛けてしまった本人が慌てて近付き、ハンカチを取り出して甲斐甲斐しく拭き回る。

そういう関係、というのは観月にもわかった。

一連の出来事に理解が及ばず、固まったままのジュンナに目を向ける。

「頼んでも飲んでもいないんで、支払いはそちらでお願いします」

それ以上、些事《さじ》にかまけている場合ではなかった。店を出てすぐ時間を確認する。

「おわっ」

デッドエンドまで、あと三分だった。

（南無）

エレベータさえ、三基あるうちの一基が一階にあればギリギリ間に合う。

観月は並木通りを、増え始めた人の往来を縫うようにして走った。

エレベータは幸いなことに一階に二基あった。

「おっ。珍しく遅かったじゃないか」

もう馴染んできた副店長の田沢が、店に上がった観月にそんな声を掛けてきた。

「お、お早うございます」

挨拶もそこそこに、バーカウンターに向かった。

「ちょ、ちょっと待ったぁ」

思わず声が大きくなった。

京香がカウンター上の、おそらく〈和栗《わぐり》〉のモンブランを、今まさに片付けようとするところだった。

奪うように受け皿を取り、フォークももどかしく口に入れる。

「ふわっ」

言葉通り、糸のような栗のペーストは絹の滑らかさで、肌理《きめ》の細かいスポンジもラム酒が香るクリームも甘く上品だ。

極上の逸品、ということで間違いはなかった。

つい数分前まで苦さばかりが残る一件に関わっていた後だけに、この甘さは染みるものだった。

頬張りながら素早く、京香が手に持った分と、カウンター上の〈在庫〉を一瞥する。

このすぐ後で、ジュンナと二人の取り巻きは、何事もなかった顔で〈蝶天〉に出勤してきた。

観月に燃えるような目を向けはするが、それ以上のことは何もない。

ただ、敬君と呼ばれたホールスタッフ、伊橋敬一《いはしけいいち》と、水を掛けたキャスト、〈キミカ〉こと横井深雪《よこいみゆき》の姿を、店内で見掛けることは最後までなかった。

閉店後に確認したが、どちらもこの日は、無断欠勤という扱いになっていた。

十四

翌日も、ジュンナは通常通りに出勤してきた。ただ、伊橋敬一とキミカは、ともにこの日も出勤しなかった。

どうも、前夜の一件から観月は二人の動向が気になってしまった。

田沢副店長に確認したが、どちらも連絡が取れないという。

「ミズキちゃん。何か知ってるの」

そう聞かれたが、この段階では取り敢えず空《そら》っ惚《とぼ》けた。

知っているかと聞かれれば知らなくはないが、トラブルとしてはどこにでもあり、いつでもある種類のものに思われた。観月が入会前の、〈Jファン倶楽部〉員との軋轢《あつれき》と重なったほどだ。

色恋とプライドが懸かると、年齢も性別も問わず、怒りに任せて執念深くなる人たちはいるものだ。

裕樹に依頼されていたこととの関連は、さてどうだろう。あまり関係は無いように思われた。

だから特に、田沢に告げはしなかった。観月自身、あまり深くこのトラブルを考えるわけではない。

喉に小骨が刺さった程度だ。

甘味を食せば、取れるほどの。

閉店になった後、そんなこんなを理由に、スイーツの残りを食べる。

この日のスイーツは生麩饅頭のバリエーションで、柚子餡《ゆずあん》包みだった。

柚子の皮を練り込んだ生麩も爽やかな香りのする餡も最高だったが、残存は三つしかなかった。しかも小振りだ。

大いに物足りないが、気分は悪くなかった。むしろ上々だったろう。

美味しい和菓子は、なんと言っても観月の好物という域を超えて、脳に最適な栄養補給食だ。

他の誰よりも日々、脳の記憶野に重労働を課す関係上、他人には過多と思われる糖分くらいが実はちょうどいい。脳自体が大いに喜ぶ。〈脳疲労〉が癒される。

帰りを急ぐキャストを横目で見ながら、生麩饅頭三つ分だけ遅れて退店する。

深夜と言っていい時間帯は、さすがに並木通りも人通りが目に見えて少なくなっていた。

観月の場合、閉店まで店にいると終電には間に合わない。

ただ、アルバイトはアルバイトだが他のキャストと違って、目的は一般の〈勤務〉ではなく〈調査〉だ。

——まあ、暫《しばら》くの間だからね。

ということで、裕樹が一台のタクシーを短期契約してくれた。

当然、他のキャストには有り得ない特例なので、店の近くでの待ち合わせはしないことになっている。

これはタクシーの使用に当たり、くれぐれもと念を押された決め事だった。

(さぁて。早く帰ってなんか食べよ。駅前のコンビニに寄ろうかな)

並木通りから八丁目手前の花椿通《はなつばきどお》りに向かい、左に折れ、銀座七丁目の交差点を目指せば、そう遠くない場所にタクシーのハザードランプが見える。

それが決められた、専用タクシーの乗車場所だった。

「ん？」

いつもより、一方通行を銀座七丁目の交差点方面に向かう車の流れが澱《よど》んでいた。

工事か事故か。いずれにしろ何かのアクシデントで混んでいるのだろう。

そんなことを考えながら進むと、原因はすぐにわかった。

いつもなら観月の乗るタクシーくらいしか停車していないはずの辺りに、この夜は他に何台ものオートバイのテールランプが光っていた。

その持ち主らが、観月が乗るいつものタクシーの周りに集まっていた。

険悪にして剣呑《けんのん》な雰囲気は、離れていても明らかだった。

どの顔も大いに〈未熟〉な、同じ歳回りと思《おぼ》しき若い男たちだった。

全員が派手なスカジャンを着て、ガムを噛んでいるようだ。

世にいう、半グレという類《たぐい》の連中か。

タクシーの運転席から外に乗務員が出ていたが、顔が青ざめていた。

いつもは明るく饒舌《じょうぜつ》で、乗車中の観月を飽きさせないよう努めてくれたこなれた運転手だが、笑顔も陽気さも今はまったく見られなかった。

その首元をワイシャツごと、サイドワックスのリーゼント男が締め上げていた。たくし上げたスカジャンから突き出した腕が、まるで丸太のようだった。

乗務員は離れた場所に観月の姿を認めると、これまで見せたことのないような引き攣った顔で、片手を上げた。

助けを求めているようにも、来るなと言っているようにも見えた。

その仕草に視線を動かし、観月に気付いたようで、サイドワックスのリーゼントが、下卑《げび》た笑いを観月に向けた。

乗務員を突き放し、サイドワックスがスカジャンの裾を撥ねるようにして観月に寄ってきた。

ゆっくりと――。

それも一つの、他人の恐怖心を煽《あお》ろうとするモーションだったろうか。

喧嘩《けんか》慣れはしているのだろう。

連動するように、剣呑な気配全体が渦を巻くようにゆっくりと動いた。

いずれそれらが、観月を直撃するのは目に見えていた。

——仏滅には気を付けるさね。

耳内に声が蘇って聞こえた。

「ちょっとちょっと」

観月は独《ひと》り言《ご》ち、頭《かぶり》を振った。

この日の午後、〈蝶天〉への出勤前に立ち寄った〈四海舗〉で、松子からそんな不吉な注意を貰ったものだ。

「言霊《ことだま》ってこと？　でも仏滅は明日でさ。——あっ」

思い至った。

零時を回った以上、すでに今現在は仏滅だった。

「うわあ。マジですか」

マッシュボブの髪を掻きつつ溜息をつけば、

「なあ。あれかい。あんたがあのタクシーの客かよ」

サイドワックスが、観月の前で仁王立ちになった。

ワックスに含まれる、エタノール臭が観月の鼻腔《びこう》を強く刺激した。

男が立ったのは、それくらい観月の近くだった。

「だったら何？」

臆することもなく、観月は聞いた。

「へえ。いい度胸じゃねえか。何って言われりゃぁよ」

男は背後に向け、顎先を大げさにしゃくって見せた。

「あの運ちゃんにな。大事なバイクを擦《こす》られちまってよ」

そう言った。明らかに威嚇《いかく》を含んだ、どすの利いた声だった。

観月は顔をタクシーに向けた。

携帯を耳に当てていた乗務員がこちらを見ながら口元を歪ませ、首を激しく左右に振った。

それだけで全体は、馬鹿らしいほど簡単に理解出来た。

「ああ。そう。大変だったわね」

「けっ。大変だったわねじゃねえだろ。他人事《ひとごと》みてぇによ。――なあ、どうしてくれんだよ」

「どうして？　私が？　よくわからないんだけど」

「こんな迷惑なとこによ、あのタクシーを停めさせたのはあんただろ」

「私じゃないわよ」

「惚《とぼ》けんなよ。あんたじゃなきゃ誰だよ。まさか、あの運ちゃんが勝手にあそこであんたを待ってたってのかい？」

「そんなストーリーでもいいけど」

「んだって？」

「私が何を言ったって、納得なんかしないんでしょ」

「ああ？」

「こっちのことはいいから、そっちのストーリーを言ってくれる？」

そんな遣り取りの間に、剣呑な渦が観月を取り囲んだ。

総勢で六人だった。サイドワックスを入れて六人だ。

いや――。

気配と小さな光がタクシーより少し先の、離れた所に感じられた。反対側の歩道の、街路樹の陰だった。

気配は二つ、光は一つ。

伊橋敬一とキミカと、昨日は別の取り巻きが構えていたが、ハンディカムのライトで間違いないだろう。

（ふうん。そういうことね）

並木通りを歩くうちから、なんとなく背後にも視線を感じていた。

取り囲む連中を見回しながら、何気なく視線をもっと遠くに投げた。

花柄のスカジャンを着た背の高い男と般若《はんにゃ》柄《がら》の太った男の間、観月が来た道を戻って車道を渡った所にあるビルのエントランスに、ジュンナの姿が見えた。

つまりはそういうことで、そういうことなのだろう。

仏滅だと思えば、すぐに理解された。

「ねえ」

ワンショルダーバッグをきつく締め直し、正面に向き直って観月はサイドワックスに声を掛けた。

どう見てもそいつがリーダー格だった。

未熟な、大して貫禄《かんろく》もないリーダーだったが。

「なんだ」

「伊橋の仲間？　ま、どこの誰でも構わないんだけど」

リーダーの目が一発で揺れた。

笑えたなら間違いなく、吹き出す場面だったろう。

「す、すかしやがってっ。手前《てめ》ぇ」

観月は右手をリーダーの前に出した。

出して拳を握った。

「なっ」

リーダーの動きが一瞬止まった。

虚を突いた動きだったろう。もちろん、そうするつもりの行動ではあった。

リーダーだけでなく、全体の剣呑な気配も摑《つか》み取り搦《から》め捕《と》る動作だ。

そのまま、観月は小さく呼気を吐いた。

スニーカーの足を少し開き、握った右拳を前に落とす。

関口流古柔術の口伝《くでん》に曰《いわ》く、形より入り、形を修めて形を離れる。

それで静中の動、動中の静を自得し表す、即妙体の完成だった。

観月の無敵の、完成でもある。

十五

即妙体の自在を得た観月は、すでに吹き流れる風も同じだった。

「さっさと済ませるわよ。時間が勿体ないから」

「こっ」

リーダーの目に血が上った。怒気が溢れるようだった。

「このアマッ。言い――」

続く言葉を観月は待たなかった。待ってやる義理もない。

「やがったなっ」

唾と一緒に吐かれる言葉を、観月はリーダーの後ろで聞いた。

「お生憎様《あいにくさま》」

リーダーに、いや、立ち並ぶ半グレたち全員に、伊橋とキミカとジュンナにも、観月の動きはわからなかっただろう。

その動きは軽やかにして松籟《しょうらい》を呼ぶ風であり、音もなく止めどない流水だった。

愕然《がくぜん》として振り返るリーダーの顔面に掌底《しょうてい》を叩き込む。

「ぶえっ」

先手必勝は喧嘩の決まり事だ。動画を撮られているのはわかっているが、男六人で観月一人を囲んだ時点で、多勢に無勢、雉《きじ》と鷹《たか》の図式は出来上がっている。

正当防衛は、〈やり過ぎ〉なければ観月の手の内にあるだろう。

白目を剥いて仰《の》け反《ぞ》るリーダーの後ろに、街灯を撥ねるふた筋の光が見えた。花柄と般若のスカジャンが二人ともナイフを手にしていた。

けれど、観月が怯《ひる》むことはなかった。

即妙体を現した観月は無敵だ。

広く捉える俯瞰《ふかん》の視界の中に、それは見えていた。

仰け反るリーダーの胸を突くように押し込めば、二人の意識が倒れゆくリーダーに向けられた。

その一瞬の隙に観月は身を低くし、摺《す》り足で割って入った。

左右の手で花柄と般若のナイフを持ったそれぞれの手首を押さえる。

それでもう、勝ちは得たに等しかった。

手前に引いて重心を崩し、大きく伸びあがるようにしてひねってやれば二人はそれぞれ勝手に宙を舞った。

柔《やわら》に力は要らないと知っている。

剛を制し、滅す柔。

それが、愛すべき鉄鋼マンが観月に授けた関口流古柔術だ。

「んだオラッ」

歩道側から金のブレスレットが光った。真っ直ぐに突き出される右の拳があった。

前に置いた左足の体重を、後ろの右足に移す。

それだけでブレスレットは観月の眼前を通過した。

伸び切ったところで肘を下から軽く叩く。力は要らない。

「ぎぃっ」

情けない悲鳴をあげ、肘を押さえて男は地べたに蹲《うずくま》った。右手は少なくとも今夜中はもう、使い物にならないはずだ。

残る者は観月から見て道路側に一人と、背後に一人だった。

何が起こったかわからないように、身を固くしていた。

目に冴《さ》えた光を灯《とも》し、観月は自分からまた動いた。

バックステップで背後に飛び、と同時に振り出した右足の踵《かかと》で思い切り背後のスカジャンの脛《すね》を蹴る。

イメージは出来ていた。

痛みで顔が落ちながら前に出るところに、胸を張るように右肘を出せば完了だ。スカジャンはそのまま膝から落ちるだろう。

残る一人がようやくアクションを起こし、左足を振り出してきた。

それにしても未熟なもので、勢いも踏み込みも足りなかった。観月にすればまるでスローモーションだ。

斜《はす》に一歩退《ひ》いて避け、二歩出る。

男には観月の接近は慮外であり、理解出来なかったろう。

人の意識の隙、死角から死角に自在を得る。緩急と斜の歩行は、関口流古柔術の玄妙の技だ。

軸足を刈るのは簡単なことだった。児戯に等しい。

男は声もなく、無様に後頭部から歩道に落ちた。

一連は流れるようで、ひと続きにして一瞬の出来事だった。

瞬く間に半グレ六人がアスファルトとインターロッキングの上に倒れていた。

その中で一人立ち、クイーンは周囲を睥睨《へいげい》した。

その後、ゆっくりと右手の人差し指を立て、倒し、顔を向ける。

この動作を観月が立つ花椿通りの前後に、二回繰り返す。

通りの向こう側で目を見開き、戦慄《わなな》く唇に手を当てるジュンナに、そして同様に、通りの先で呆然《ぼうぜん》と固まったままの、伊橋とキミカに。

その直後、

「コラァッ。何をしてるっ」

通りに鋭い警笛の音がした。

七丁目交差点の方向から、こちらに駆けてくる何人かの雑然とした靴音もある。

「あ、さすがにやばいかな」

タクシーの乗務員が近寄ってきて制帽を取った。

「あの、こんな結果になるなんて思わなかったもんで。私が呼んじゃいました」

なるほど、先程どこかに掛けていたのは、一一〇番電話だったようだ。

済まなそうな顔をする乗務員に、観月は顔を横に振った。

「ううん。気にしないで。それより、後はよろしくね。私は、今日はこのまま乗らないから」

「了解です。あ、小田垣さんのことは絶対に言いませんから」

殊勝なことを言ってくれる乗務員に片手を上げ、観月はその場を離れた。

取り敢えず並木通りの方へ戻る恰好《かっこう》でさりげなく歩く。

とはいえ、歩いてはみたものの――。

「さて、どうしますか」

惑いの思考が声になった。

ただの一学生だ。こういう場合の対処の仕方を幾通りも心得ているわけではない。

そのときだった。

――ちょっと。

ふいに、おそらく観月に向けて女声が掛かった。

見ればすぐ近くに、〈銀座スリー〉ほどではないが、割りと大きなテナントビルのエントランスがあった。

揃いの黒いコートを着た数人のドアマンが興味津々といった目でこちらを見ていた。客のエスコートと車両の管理を担当する専用スタッフだろう。同じような役回りの従業員を〈蝶天〉も数人抱えている。

そのテナントビルは当然、〈蝶天〉からタクシーまでの途中ということもあり、帰り道に毎回通り掛かる場所だった。

恐らく男たちは〈蝶天〉と同じく最上階に店を構える、〈ラグジュアリー・ローズ〉のスタッフだとは思っていた。

ドアマンの間に、肩からショールを掛けたドレス姿の女性が立っていた。

少しウェーブが掛かった亜麻色の髪、高い鼻、厚めに整った唇、すっきりとした輪郭の小さな顔。美人、ではあった。

歳は三十を超えているか。いや、肌の感じ、目元の張り。

物憂げな表情がそう見せるだけで、もう少し若いかもしれない。

観月と目が合うと、女性はショールを羽織り直した。

「こっちよ」

ただひと言で観月を誘《いざな》い、女性はエントランスの奥へ身を翻した。

「あんたたち、余計なことは一切、言わないでよね」

――へぇい。

揃った武骨な返事が、エントランスに屯《たむろ》するような全員からあった。

観月は取り敢えず、女性の後に従った。この場はそれが得策だということは、瞬時に理解された。

エレベータに乗り込むと、女性は案の定、最上階のボタンを押した。十階だった。

「あの、失礼ですけど」

動き出したエレベータの中で、観月は口を開いた。

当然の質問だったろう。女性はすぐに答えた。

「私は沖田美加絵《おきたみかえ》。〈ラグジュアリー・ローズ〉のオーナーママよ」

あなたは、と聞かれた。小田垣観月だと正直に言った。

「観月ちゃんは、学生さん？」

そうだと答えた。どこと聞かれ、東京大学だと、これも正直に答えた。

答えさせる、そんな雰囲気が沖田美加絵にはあった。

「へえ」

美加絵はさも驚いた風に目を動かした。

「東大って、本当になんでも凄いのね」

美加絵に連れて行かれた〈ラグジュアリー・ローズ〉の内部も、〈蝶天〉同様、主に黒服が閉店後の作業中だった。

店内の雰囲気も高級感に溢れて、〈蝶天〉と大差ないように思われた。どこも少しずつ古い気はしたが、それは営業年数から滲《にじ》み出る〈味〉というものだったろう。

「こっちよ」

美加絵に、店長室へと誘われた。

そこも、〈蝶天〉の本社部屋と変わらない広さだった。狭さともいえる。

防犯システムから監視カメラの類はあまり多くないようだ。その分、おそらく美加絵の私物だろう物を置く棚などが並び、遊びのスペースはあまりない。

そんなことを確認しながら立っていると、美加絵に洒落た革張りのソファを勧められた。

なかなか、座り心地のいいソファだった。

「しばらくいるといいわ。下の様子は、誰かに見に行かせるから」

それから、酒とコーヒーを尋ねられた。

「いいえ。これ以上は」

「遠慮しなくていいわよ。そう、最近滅多にない、いいものを見せてもらったから。そのお礼よ」

「じゃあ、お言葉に甘えて」

それで、コーヒーを頼んだ。飲みながら少し、話をした。

生まれた和歌山の、有本のこと。

若宮八幡神社で習い覚えた、古《いにしえ》の術技のこと。

少ししか動かない感情のこと。

ほとんど動かない、表情のこと。

「ふうん。面白い話ね」

「面白いですか」

「面白いわ。全部、私にないものだから。お陽様の下の、眩しい話」

美加絵は遠くを見るように目を細め、寂しく笑った。

その寂しさが、他人にそれ以上、深く入られることを拒んで見えた。

十六

「で、今夜は何があったの？　まあ、言いたくなけりゃ、言わなくていいけど」

美加絵は、自分のコーヒーカップを両手で包むようにしながら言った。

「何がってほどではないんですけど。ちょっとした行き違いって言うか」

「ちょっとって、あんな大立ち回りで？」

「はあ」

「へえ。ああ。でも、現実に見せられたんだものね。観月ちゃんなら有りか。――あなた、ビックリするくらい強いのね」

「そうでもないですよ」

「謙遜？　過ぎると嫌味よ」

「いえ」

観月は髪を左右に揺らした。

「私は、私より強い人を知ってますから。私より、技も心も強い人たちを、たくさん」

「それはあれ？　若宮八幡神社の爺《じい》ちゃんとか、おっちゃんとか」

言葉にせず、観月は頷いた。

真下に抱えたカップの表面に、関口の爺ちゃんたちが映った。

煤《すす》けたランニングシャツ、真っ黒に日焼けした顔、笑顔、真っ黒な笑顔。

観月の中で、思い出というものは色褪《いろあ》せない。いつまでも鮮やかだ。忘れることが出来ない。

色褪せない思い出の中で、セピアのような鉄鋼マンたち。

それはそれで、辛《つら》くもある。

「ふうん」

簡単な相槌《あいづち》が有り難かった。

踏み込ませない代わりに、踏み込まない境界線を心得ているのは、さすがに銀座のママということか。

銀座では何を、と聞かれた。

「バイトです」

「用心棒？」

これは笑うところだろうか。

わからないから頭を下げた。

「すいません。キャストです」

「あら意外。どこのお店？　私が行こうかしら」

隠すことではない。〈蝶天〉と答えた。

「〈蝶天〉って。――ああ」

美加絵の目が細められた。

「宝生グループのお店だったわね。うちにはないけど、カウンターバーのある」

そうだと答えた。

ノックの音が聞こえた。

「ちょっと待ってて」

そう言って美加絵は廊下に出た。

暫くして、私服に着替えた美加絵が戻ってきた。

「観月ちゃん。この後、ちょっと付き合ってくれる？　いいかしら？」

小さなショルダーバッグを手に取りながら美加絵は言った。

つまり、外に出るということか。

「いいですけど」

「下は大丈夫だって言ってるわ。もうみんな散ったって。ふふっ。バイクの連中、警官にはさ、自分らで揉めただけだって答えたらしいわよ。それはそうよね。女の子にやられたなんて、恥ずかしいだけだもの」

一杯付き合ってよ。

美加絵はそう言って、先に店長室から出て行った。

観月は黙ってついて行った。

エレベータを降りると、ドアマンたちも全員が上がったようで、エントランスホールは静かなものだった。

美加絵が言ったように、花椿通りにバイクは一台もなく、いつも観月が乗るタクシーももういない。

「こっちよ」

エントランスから出て左手に回り込むように歩くと、白線で区切られた喫煙エリアがあり、JTの広告が入ったスモーキングスタンドが二台置かれていた。

隣のビルの壁面から、降るような蛍光灯の明かりがあった。

帰り際か仕事終わりか、そこで何人かが煙草を吸っていた。一人だけパイプ椅子に座る男もいた。

――いぇぇい。

誰かが手を叩いた。

「お嬢ちゃん、凄ぇなあ。久し振りにスカッとしたぜ」

先程の一連を見ていた人がいたようだ。そうだそうだ有り難うよ、と誰かが続いた。

「近所迷惑だよ。あんたたち、この後も余計なことは言わないことね」

――はいよ、ママ。

――へいへぇい。

「口だけじゃなくて、頼んだよ」

美加絵は念を押し、喫煙スペースのさらに奥に向かった。

隘路《あいろ》があり、裏通りに抜けるようだった。

表通りに比べれば街灯はいきなり数を減らし、銀座にしては薄暗かった。

「どこへ行くんですか」

「すぐそこ。わかりづらいけどさ」

それから大通りに出て道を二度ほど曲がり、また隘路のような道の入り口に至って、美加絵は足を止めた。

「いつも一人でしか行かないところなの。うちのホステスリーダーも無し。ほら、わかる？　あそこのオーセンティック・バー」

美加絵は目で行く先を教えた。

オーセンティックとは〈本格〉あるいは〈正統〉、そんな意味だ。

なるほど、隘路の中ほどに、いくつもの鉢植えに守られるかのように、小さなスタンド看板が置かれていた。

オリーブ、ユーカリ、トネリコ、レンギョウ、後は薔薇《ばら》に紫陽花《あじさい》か。

スタンド看板は逆に、仄明かりで鉢植えを優しく撫でも愛《め》でもするようだ。

配置の妙、陰影の絶妙。

看板の店名は黒一色の文字で、〈Ｂａｒ　グレイト・リヴァー〉と読めた。

「自分の店の誰も連れてかないでさ、他のお店のキャストを連れていくのも変でしょ。後でなんか揉めるのも嫌だし。だから観月ちゃんは、そうね。私のテニスの先生」

「え」

「ふふっ。これ冗談じゃなく、ちょうど習い始めたところなの。あのお店でも、先々週だったかな。話をしたばっかりで。いい？」

「あ、はい。――わかりました」

「じゃ、いきましょ。ああ、〈蝶天〉でもこのことは内緒よ。誰にも。業界も銀座も、広いようで狭いから」

言いながら、美加絵は隘路に足を踏み入れた。

〈Bar　グレイト・リヴァー〉は、三階建ての古い建物の地下一階だった。外から直接降りる階段があった。

壁の時代掛かったランプも、曇りガラスの嵌まった木製の扉も、それを引いたときの丁番《ちょうつがい》の軋《きし》みも、すべてが〈味わい〉だったかもしれない。迷い家の風情か。

「いらっしゃい」

〈味わい〉に相応しい、深みのある声が迎えた。

背後に無数の酒瓶を従えるようなカウンターの中に一人、背筋の伸びた男性がいた。スツールに人はいない。

簡単明瞭だ。

それがマスターなのだろう。

白いカッターシャツに深みのある黒いベスト、同色のボウタイ。京香と同じようなスタイルだが、こちらの方が板についている感じだ。やはり師匠、と思えば大いに納得だ。

年齢はどうだろう。五十に届くか。ヘア・ワックスでオールバックに固めた髪、細い顔、切れ長の目、尖《とが》った鼻に薄い唇。

どこからどこまで、観月が思う〈ザ・バーテンダー〉がそこにいた。

「珍しいですね。お客様、いえ、お友達」

マスターがカウンターの中央に木製のコースターを置いた。席への誘い、ということだろう。洒落た所作だった。

美加絵は中央のスツールに腰掛けた。

「どっちも違うわ。私のテニスの先生。銀座でパーティがあったんですって。それで、後合流で」

「ああ。なるほど。そういえば、今はテニスに夢中だと仰《おつしや》ってましたね」

柔らかく微笑みつつ、マスターは観月の方を向いた。

「美加絵ママの通うスクールは名門だとお聞きしました。そこの先生ということは、お若いようですが、あなたも相当の腕前とか」

「いえ。それほどでも」

「ご謙遜を。戦績は、どういった感じで」

慇懃《いんぎん》な口調だが、探るようでもあった。

それが銀座の流儀だろうか。

「ちょっと、マスター。私の先生よ。あんまりさ——」

観月に代わって美加絵が口を開くが、隠すことではない。

観月は美加絵の隣に座った。

「少し前に、インターハイで三連覇しました。国体も。ソフトテニスでですけど」

「えっ」

先にあからさまな驚きを口にしたのは美加絵だったが、

「――ほう。それは」

マスターも一瞬、驚いた顔を見せた。

「あ、そこまでは私も聞いてなかったけど。――へえ」

美加絵はなお興味深げに観月を見て、カウンターで頰杖《ほおづえ》を突いた。

何を呑まれますか、とマスターが聞いてきた。

取り敢えず、客としての第一関門は突破したということか。

「お酒には詳しくありません。あの、お薦めで。出来れば甘めで」

「知らないことを知らないと言うのは、むしろいいことです。では」

腰を折り、振り返ったマスターの手が棚の中に吸い込まれるように見えた。

リズミカルに抜き取られる瓶がカウンターの奥に並び、ライトの下で呼吸を始めるようだった。

よくはわからないが見る限り、ココナッツリキュール、カシャーサ51、それにミルクとシュガーシロップの鮮やかなシェイク。

左の手首辺りで、チェーンに月と星を散らしたブレスレットが揺れた。少し色が褪せて見えた。アンティーク、いや、ヴィンテージか。

やがて、そんな月と星の手からクラッシュドアイスのグラスに注がれた薄紅色のそれを、

「どうぞ。ココナッツドリームです」

と、マスターはカウンターの手前に押し出し、静かに言った。

グラスに口をつけ、口触りの冷たさと舌触りの滑らかさに、観月は一気に傾けた。

「うわ。甘、って言うか、美味っ」

思わず声に出し、観月は空のグラスを見た。

「へえ。お酒も強いのね」

美加絵が頰杖のまま目を輝かせた。

まあ、少し行儀は悪い気がしますがと、これはマスターだ。

「あ、そうなんですか？」

美加絵は笑った。

「気にしないでいいわよ。そういうのはこれから覚えること。若いんだから。これからいくらでも覚えられること」

どうぞ、とマスターが美加絵の前にもカクテルを出す。

深紅のカクテル、ジャックローズというらしい。

二杯目からは、観月も美加絵と同じ物を頼んだ。

カウンターに向かい、カクテルグラスを眺めた。

静かに時を刻む、そんな時間だったろうか。

やがて、美加絵が話を始めた。

カウンターに向ける囁《ささや》きは、そのまま染み込むかのようだった。

二年前に離婚したらしいこと、異母弟の身の上が気に掛かること。

次いで、溜息をつくように、横暴な父と兄のこと、横暴なその稼業のこと。

「沖田組っていうヤクザよ。普通の人は知らなくていい名前。でも知っておいても損はなくて、関わると怖い名前。うちの店は、だからヤクザがバックにいる店。フロント企業って言うのかな」

そんなに頭もよくないし、儲《もう》かってもいないけどね、と美加絵は三杯目のカクテルに口をつけてから言った。

「気にする？　怖い？」

聞かれて、観月は首を横に振った。

任侠《にんきょう》の世界の広さ、深さはよくわからないが、和歌山にも同じような輩《やから》はいたが、観月の知る鉄鋼マンたちは彼らを前にしても泰然とし、毅然《きぜん》と接し、決して無下に排除することはしなかった。

「ふうん。強いのね。鉄鋼マンって」

美加絵はかえって面白がってくれた。

それから観月も、〈ラグジュアリー・ローズ〉の店長室の続きのような話をした。

ソフトテニスのこと。アイス・クイーン。憧れの先輩。その先輩に重なる、幼い日の淡い恋心のこと。

棚に並ぶ酒瓶の群れは、そんな客たちの話を聞いて、店々で独自に熟してゆくのかもしれない。

「マスター。この先も来ることあったら、この先生の分は私の付けで」

最後に、美加絵はそんなことを言ってくれた。

「おや。入れ込んだものですね」

「だって、インターハイ三連覇よ。真っ直ぐな日々。――ヒロインよね。眩しすぎるほどの」

「左様で。――いえ、左様ですな」

一緒に写真を一枚、とマスターが言ってきた。

「何か？」

「言え。初めてのお客様とは恒例でして」

「記念写真を撮るってね。マスターが一見《いちげん》以上って認めたってことよ」

美加絵が言葉を添えた。

「これはこれは」

マスターは肩を竦めた。

「記念写真とは。私としては、アートのつもりですが」

美加絵はふふっと笑い、

「ねえ。私も入っていい？」

と聞いた。

「構いませんよ。ご自由に」

マスターはカメラを手に取り、カウンターの奥にセットした。

そのままこちらに寄り、カウンターを挟んで美加絵の向こうに並ぶように立った。

やがて、シャッター音がして光が弾けた。

これからもご贔屓に、と言って、マスターはカウンターに名刺を出した。

高木《たかぎ》明良《あきよし》。

最初に聞くのを失念していたが、それがマスターの名前だった。

十七

けたたましいベルの音がした。

目覚ましだ。

音からするに、最終兵器として購入した三つ目に間違いない。

と、この朝は薄ぼんやり思考することなく、すぐに理解した。熟睡には程遠い、浅い眠りだったようだ。

夕べというか、もうこの日の早朝になるが、〈Ｂａｒ　グレイト・リヴァー〉を出たのが大体、午前二時半くらいだった。

美加絵に付き合い、観月は六杯ほどカクテルを呑んだ。

三杯目も美加絵が注文した物と同じキングスバレイを呑み、四杯目以降はマスターお薦めのカクテルになった。

深紅のジャッククローズから浅緑のキングスバレイ。

その後はマスターのお薦めに移るのが美加絵のコースのようだった。

提供されるカクテルはどれも初めてで、驚くほどに美味しかった。

店を出た後は、三度ばかり小路を曲がって大通りに出たところで、

「拾って帰りなさい」

と、言って美加絵が一万円をくれた。

「私は一度、お店に戻るから」

美加絵の立ち居振る舞いは少しの酔いも感じさせず、銀座のママ然として実に堂々としていた。

観月に遠慮などする暇もなかった。自分がいかに、未《いま》だ小娘であるかを身を以て実感させられる。

気付いたら手に、一万円を握らされていた、そんな感じだった。

たしかに少し酔ってもいたが、それだけではない。貫禄の違いだ。

美加絵は、ほっそりとした手を振って笑った。

「またね。縁があったらうちのお店にも。——いえ、忘れて」

そんな言葉で美加絵は離れていった。

観月は美加絵の姿が見えなくなってから、流しのタクシーを拾った。

笹塚を口にした。

裕樹にタクシーを契約してもらって初めて実感したことだが、深夜の都内は驚くほどに距離が近い。

いや、距離感として近い、という方が正しい言い方か。

交通量も少なく渋滞もなければ、二十三区はどこへ行くにもあっという間だ。仮眠も長考もする暇はない。

井《い》の頭通《かしらどお》りから中野通《なかのどお》りに入り、五條橋《ごじょうばし》の交差点の辺りでタクシーを止める。いつも使っているタクシーならもう少し走った先を左折してもらい、緑道を渡るところで降ろしてもらう。

そこからなら緑道を、笹塚駅に向かう方向に歩いてドミトリーまでは百メートル程度だ。住宅街なので少し暗いが、このルートが一番近いので仕方がない。

乗ったままタクシーに笹塚駅前に回ってもらえれば、何軒かは眠らない観音通り商店街を通ることになって明るいことはわかっている。

が、酔っ払いは必ずいて、〈防犯〉的にはどちら側で降りても大差ないかもしれない。それに、最終的に歩かなければならない緑道の距離も違いはわずかだ。

第一、一方通行の駅前に入るには、井の頭通りをさらに下らなければならず、結構どころか大いに遠回りになる。

このとき、流しのタクシーを五條橋の交差点で止めたのは、目の前が二十四時間営業のコンビニだったからだ。

明るかったということもあり、のぼり旗に新作ドーナツが揺れているのを見て、少しの空腹を感じたということもあった。

美加絵に貰った一万円で支払いの遣り取りをしてタクシーを降りる。

そのままコンビニに入ろうとして歩を進め、自動ドアの近くで立ち止まった。

一度目を閉じ、大きく息をする。

（なんかなあ）

よくわからないが、風に少し障る匂いを感じた。匂いというか、嫌な感触、予感と言った方が正しいか。

携帯を開き、時刻を確認する。

午前三時を、すでに大きく回っていた。

（今食べたら、さすがに身体には負担だよね。多分。きっと）

頭を振り、それで新作ドーナツの誘惑を振り切って住宅街に足を向けた。

そうして二百メートル強を歩き、笹塚のドミトリーに到着したのは三時半過ぎ頃だった。

足音も立てずに完璧に入った、つもりだった。

紛れのない自負はあったが、寮母の竹子の部屋からやけに大きな咳払《せきばら》いが聞こえた。

まさか起きていたのだろうか。

（眠れない夜。いやいやいや。起きてたとして、やっぱり、寝起きよね）

老人の朝は早い。

そう考えた方がしっくりくるので、観月は特に深く考えるのはやめた。

風呂場で簡単に手早く全身を洗い、力任せに髪を拭いてベッドに向かった。

こういうとき、短い髪は便利だとつくづく思う。

それから大体、三時間半ほど眠った恰好だった。

それくらいでもあまり疲れが残らない若さと鍛え方は今のところ自慢だったが、この朝はわずかに身体が重かった。

前夜というか、この早朝の大立ち回りの影響では有り得ない。六人程度の半グレなど、筋肉に負荷を強いるほどの相手ではなかった。

（お酒、かな。カクテルって、なんか強いのよね）

酔った感覚はまったくなかったが、身体にダメージは残ったかもしれない。

なんと言っても、この日は退店前に小振りな生麩饅頭を三つしか食べていなかった。

脳の栄養補給にはなったが、空《す》きっ腹が埋まるほどではなかった。

そんな腹に、色も種類も取り取りのカクテルだ。

アルコールの摂取は時と量と種類により、睡眠を浅くするというのはどこかの研究結果にもあったと思う。

そんなわけで、この朝の最終兵器のけたたましさはいつもより頭に響いた。

ただ、浅いとは言っても携帯のアラームや二つ目までの目覚ましで起きることはなく、いつも通り投げ捨ててはある。

つまり二日酔いには程遠い健康状態だ。

腹はすこぶる快調に減っていた。

「ううんっ、と」

声に出し、大きく伸びをする。

「今日は、あ、水曜日か」

起き上がると、完全に覚醒した耳に、階下で鍋の底を叩く音がかすかに聞こえた。

「うわ。アラートだ」

起き上がったままのジャージ姿で、スリッパを突っ掛ける。

ここからはいつもの攻防戦になる。

スリッパの音を響かせ、階段で三階から一階の食堂に走る。

ショートボブの後ろ髪がいつもにもまして重い。盛大に撥ね上がっているようだ。洗い晒《ざら》しでそのままベッドに潜り込んだ結果だろうが、構っている場合ではないのでそのままにする。

一階に降りる頃には、デッドエンドに向かって鍋音はマックスに速かった。

「よっ。とぉ」

スリッパの音も高く、観月は食堂に、本当に飛び込んだ。

「げっ。セーフじゃん」

「やりぃっ。今日の日替わりスペシャルゲットだわぁ」

「うわ。スペシャルって、今日のが一番高いのにぃ」

知ったことではないが、いつもの〈観月カルチョ〉の悲喜こもごもが聞こえた。

無視してキッチンカウンターに急ぐ。

「遅いよ」

割烹着に三角巾で、細い目、抑揚のあまりないトーン。

通常モードの竹子が、暖簾の下のカウンターに銀色のトレイを置いた。

「遅いとかの前にさ。あんた、今日は早くからずいぶん騒がしかったし。おちおち寝てられないさね。勘弁しとくれ」

「うわ。あれで、やっぱりわかっちゃってたんだ」

観月はカウンター上の箸立てから、ランダムに箸を抜き取った。

「でもそれって、竹婆がさ」

「寮長」

「寮長が早起きすぎでしょ。歳なんじゃない？　歳」

碗に飯を盛る竹子の手が止まる。止まるどころか戻る。

「飯、減らそうかね。歳だとね。盛ると重いさね」

「ゴメン」

そのままの碗がトレイに載る。だが、

「いい加減にした方がいいんじゃない」

と、忠告もおまけについてきた。

「えっ」

「あんたの本分はさ、学問、いや、学んで遊んで、鍛えて。泣いて笑って。そう。学生であることとさね。アルバイトもいいけど、けど、いくらアルバイトでもさ、あんまり遅いのは、感心しないさね」

「そうかな。——ううん。そうかもね」

味噌汁がトレイに載る。少し零れる。

「夕べってぇか今朝方だって、この辺を野良犬がうろついてたみたいだよ」

焼き鮭とカップの納豆が載せられる。

「ただの住宅街だって、あんまり安心はできないってもんだ。あたしゃ、あんただけじゃないけどさ。親御さんから大事な娘を預かってるんだ」

味付け海苔、生卵、竹子自慢の沢庵漬けが載ってワンプレートだ。

観月はそれを見ていた。

変わらない朝食に、変わらない、あるいは変わってはいけない日常を思う。大事なことで、有り難いことだ。

竹子の忠告に、自ら反省すべき部分は、さすがにないではない。

ということで、反論は絶無という結論に至る。

「わかったかね？」

「へぇい」

出来上がったワンプレートを持ってテーブルに向かう。

「お早う」

医学部志望の梨花がまたいた。

これも日常の、大事なこと。

変わることのない、大切な時間。

「ねえ。観月。打ち合わせって終わったんでしょ。結局いつになったの？」

「えっ」

「サロンよ。決まってるでしょ」

「ああ。来月二十日」

「二十って。え、それって駒場祭の直前じゃない」

「怒濤《どとう》の祭りラッシュだって」

「なによそれ。だいたいさ。早くって頼んだのに、まだ三週間もあるじゃない。そんな先なの？」

「でも、朗報もある」

観月は味噌汁の椀に口をつけた。

「卒業前にさ。希望があるなら、もう一回やってもいいって」

「まっ」

両手を合わせ、発条《ばね》仕掛けのように梨花が立ち上がった。

そのまま分けた左手をトレイに伸ばし、右手で観月の肩を叩く。

「やるじゃないのよ。さすが観月。さすが会長」

「うわっ」

衝撃で味噌汁がジャージに零れた。

汁は熱くないからいいとして、ジャージに張り付く千切りカスのようなワカメを、指で摘まんでトレイに置く。

「じゃあね」

色々とお構いなしに、梨花が自分のトレイを持ってキッチンカウンターに向かった。

「おら、医学部志望。また沢庵、残したね。今度こそ、本気で主菜抜くさね」

竹子の脅しが食堂に響き渡る。

「これも日常、かな」

竹子自慢の漬物を摘まみ、観月はゆっくりと味わった。

十八

二十九日の金曜になった。

前日で二クールが終了したが、一クール目からの継続のときと違って、なんとなく三クール目は自動更新のようになった。

実際、裕樹から依頼された情報収集は停滞気味でもあり、キミカだけでなく、ジュンナも前日の晩は無断欠勤となった。

キミカはまだしも、ジュンナはGRだ。欠勤はお店にとっては痛手に違いない。

無断欠勤に観月が関わっているかもしれないとは、裕樹にだけは伝えてあった。

そんな状況で金曜書き入れ時の夜に、バイトだから出ないという選択肢をチョイスする胆力は、バイトだからこそ観月には備わっていなかった。

それに、

――大いに不思議だが、出勤してくれると有り難い。もちろん、本来の目的ありきに変わりはないけれど。

と、水曜の晩辺りから裕樹には言われていたが、本当に世の中はわからないものだ。

何につけ、需要と供給のバランスは、需要の熱量や総量が供給を強引に引き当てようとするものなのだろう。

マクロ経済は今や、計算高いミクロ経済学の積み上げでは時代の変化に反応が追い付かないかもしれない。——ということを今度、経済学部の友達に投げてみようか。

などと考えもするほど、観月をいや、〈ミズキ〉を指名する客がこの週になって切れなかった。毎夜一人は必ず、客が〈ミズキ〉を指名した。

まあ、そのうちの二人は観月の無表情を、観月がそれまで接客についた者たちに聞き、面白半分にやって来た新規の客ではあったが——。

それでも、他には前週の客が四人もリピータとなってやってきた。

どうせ接客をしなければならないなら、喜ばしい限りだ。指名料もアルバイトの身分では馬鹿にならない。

観月の〈ツンデレ〉が商売になるとは、世の中捨てたものではないと言うか、世も末だと言うかは、それぞれ観察する者の主観に拠るだろう。

それでいつの間にか、そんな客に共通で、〈アイス・ドール〉という渾名《あだな》も浸透したようだ。

渾名はないよりあった方がいいらしい。

「人気の、バロメータ、だね」

普段寡黙な児玉店長が、しかつめらしい顔でそう言った。

どうやら褒めてくれたようだ。

加えてなんと、この日は初同伴というやつで、開店前に銀座の高級店に連れて行ってもらって寿司を食べた。

客は氷川《ひかわ》という中年男性で、市谷田町《いちがやたまち》にある製薬会社の研究員だという。

色々と自慢話は聞いたが、あまり頭には残らなかった。超記憶は、ともすればすべてを脳内に収めてしまう。興味のないことは、出来るだけ遠くに見聞きして〈流す〉ことにしていた。

「どうだい。ここの寿司は。それなりに美味いだろ」

感想を聞かれた。

それなり、と自分では言いながらも、間違いなく感謝して欲しそうだとは鼻息の荒さで理解出来たが――。

アルバイト開始時にオーナーに食べさせてもらった寿司の方が高級だったと正直に答えた。

嘘《うそ》はいずれ身を亡《ほろ》ぼすものだと心得ていた。

かつてそう教えてくれたのは、身を律して潔い鉄鋼マンたちだ。

氷川は憤慨するかと思ったら、一人でしょげて、勝手にリベンジを誓っていた。

そういう〈塩系〉の対応と反応が、〈嫌いではない〉と観月は自身、初めて知った。

お客と同伴するときは、定時から一時間までは遅刻とみなされないとは聞いていた。が、慣れないこともあって後ろめたくもあり、同伴は開店前の約束にして、開店に合わせて出勤した。

ミーティングとこの日の京風スイーツをパスしただけで、大人というかプロになった気分を少し味わえたかもしれない。

そんなこんなで我ながら安い女だという自覚には、表情としては笑えないが理屈としては笑えた。

出勤した〈蝶天〉では、身支度を済ませるまでの間、亀岡というフロアマネージャーに同伴の氷川を預けた。

この亀岡が一応、観月の直の上司という形になっている。

そのとき、観月は亀岡に、ミーティング残りの京風スイーツの数と、ジュンナがこの日は出勤してきた旨を聞いた。

取り敢えずどちらもひと安心だが、同伴客がある身は、あまり待たせるわけにもいかない。

勤務開始から即、仕事モードはトップギアだ。

案の定、ヘルプのキャストが繋いでいてくれた氷川は、

「ミズキちゃん、火曜はどうだい？」

だとか、

「そう。火曜。二日だね。文化の日の、休前日」

だったり、

「リベンジ。今度は君の食べたい物でいい。なんかないかな？」

などと、〈ミズキ〉が席に着くなり、何度も聞いてきた。

寿司を食べたばかりですぐに次は何がと聞くのはなんとも、デリカシーがない気もするが、もしも聡子や梨花に聞かれたら、

――そういう客だから、あんたに付くんじゃない？

とか間違いなく言われそうだ。

もっとも、寿司を氷川の倍くらい食べただけで、もう何も入らないなどと弱音を吐く虚弱な胃腸ではない。

が、すぐにもの凄いリクエストをしては相手を慄《おのの》かすだけだとは、この二週間余りで知った水商売のセオリーだ。

優柔不断を装い、時間になって腰を上げる客に、あとで連絡するということで遣り過ごす。

――ミズキちゃん。

と、氷川が帰るとすぐに、次の席を亀岡に指示された。

とにかく金曜日が忙しいことはワンクール目から身を以て知っていた。開店から閉店まで、店全体に途切れることのないうねるような熱気があった。

「ふう。今日は、こんなものかな」

客の流れが一段落し、後は引いていくだけの時間になったところで、観月はようやく亀岡にトイレと休憩を伝える。

——ああ。もう終わりだと思うから、待機でいいよ。

亀岡の許可が出たので、ちょうど客のいなかったカウンターバーのスツールに一人で腰掛ける。

これはときに賑やかしとして、店側からキャストに許可された行為だった。

「お疲れ」

「本当に。疲れました」

「ふふっ。まだそんな歳じゃないでしょう。早いわよ」

「気疲れ、ですか」

京香と少し話をした。それだけでも癒されるものはある。

ホールに出ようとしてカウンターを離れると、ちょうど会計スペースの前に亀岡が立っていて、奥のキャストルームからキャリーバッグを引いて出てくる人がいた。

最初は亀岡の陰でわからなかったが、一緒になってエレベータに向かう一瞬の姿でジュンナだと見て取った。

観月は小首を傾げた。

訝《いぶか》しいことだった。

アクシデントでもないのなら、まだまだ営業時間内だ。

疑問に思い、小走りに追って会計スペースの前に立った。

専属の会計係が顔を出す。気のいい話好きの女性だった。

「気になる？　急だけど、彼女、今日で最後だってさ」

「えっ」

「店長も、彼女のグループのみんなも、何度も止めたみたいだけど、答えは変わらなかったみたいね」

「理由は？　理由はなにか聞いたんでしょうか」

会計係は、さあ、と言って首を曖昧に振った。

「思うところがあっての一点張りだってさ。今まで辞めてった娘と同じ。そうそう。同じって言えば、なんか暗いのよね。私、この道結構長いけど、大概はあっけらかんとしたものよ。店の都合も考えずまったく、ってね。この店を辞めた娘にもそんなのはいるけど、ただ、ここんとこの娘の半分以上は、なんか暗いなあ」

彼女もね、という言葉を観月は背中で聞いた。

来たエレベータで一階に降り、エントランスから外に出る。

「ああ。ミズキちゃん、どうかしたかい？」

ちょうど店に上がろうとしていた亀岡が聞いてきた。

「ジュンナさんは？」

「えっ。ああ。彼女なら」

亀岡が指さす方に、観月は話が終わる前に走った。

ジュンナの背中はすぐ視界に捉えられた。ただ、すぐには追いつかなかった。

ヒールで走ることの難しさを知る。

「ジュンナさんっ」

あと五メートルまで近付き、観月は声を掛けた。

驚いたようにジュンナが振り返る。

またさらに痩せた感じがした。

「あの」

――私のせいですか。

この他に言葉を探すが見つからない。

そのうちには、ジュンナがほっそりと笑った。

「気にすることないわよ。あなたのせいじゃないから」

言葉からは険が取れ、穏やかに響いた。

ただ、だからと言って〈晴れた〉あるいは〈祓《はら》えた〉ようには見えない。

どちらかと言えば諦念、諦観、放棄、そんな感じだ。

「あなたみたいに強かったら、呑まなかったのにな」

「え」

「私は、弱いから」

じゃあね、と言ってジュンナは上げた手を振った。

引き留めることはおそらく、観月には無理で観月の役割でもなかった。

その場で手を振り返すだけで、観月は動かなかった。

「そんなに、弱かったっけ」

やがて、終電やタクシー乗り場に急ぐ人の流れにジュンナは消えた。

最後まで見送って店に戻った。

ただし、もうホールには戻らない。

すでに閉店の時間が間近だった。

客のいないカウンターバーのスツールに座る。

なんとなく胸の奥がざわつくような感じがあった。

やりきれない、やるせなさ、とはこういったものか。

京香が寄ってきた。

「元気ないわね。今日こそ作ってあげようか。元気が出る奴」

「いえ。それより」

わかってる、と京香は頷いた。

「何個いく?」

「六つですよね。亀岡さんに聞きました。全部で」

あは、と京香は朗らかに笑った。

屈託のない、いい笑顔だった。

「あなたは、強いわね」

「強い、ですか」

「ええ。色んな意味で。凄いって言うか。――うん。やっぱり強い、だわね。それなら私のカクテルなんて、永久に必要ないかもね」

「――強い」

「そっ」

京香がカウンター下に身を屈《かが》めた。

この日のスイーツは、抹茶ムースの求肥《ぎゅうひ》包みだった。

保冷庫から出された六個がカウンターに列をなす。

頂きますと手を合わせ、一個目にフォークを刺し、少し固まった。

スイーツがではない。観月がだ。

脳裏に閃《ひらめ》くものがあった。ちょっとした違和感だが、引っ掛かった。

食べる。

食べる。

——私は、弱いから。

ジュンナの顔と声が蘇る。

——じゃあね。

後姿が儚《はかな》げだった。

食べる。

糖分が脳を活性化させる。

強い。

弱い。

アルコール。

呑む。

食べる。

強い。

何が。

弱い。

何が。

食べる。

食べる。

何かが動き、何かが結ばれ、何かが解かれる。

「どう。美味しい」

「あ、はい」

答えはしたが、口に運ぶスイーツは糖分であり補給であり、特にこのときは、あまり味はわからなかった。

十九

翌三十日は朝から秋晴れの、何をするにもいい日和だった。

観月はこの日、午前中から大学の駒場キャンパスにいた。

土曜日なので講義はないが、サークルの活動があった。〈Jファン倶楽部〉ではなく、ブルーラグーン・パーティの方だ。つまり、健康的な方、という言い方で、現在では間違いではない。

キャンパス西南のテニスコートに、この日は三十人以上の部員が集まっていた。十一月に行われる第五十五回駒場祭は、もう三週間後に迫っていた。そのことに関する打ち合わせも、この日は活動後の打ち上げの席で部員有志と詰める予定だった。それで人数が多いのだ。

この年の駒場祭は、十一月二十一日の日曜日から二十三日火曜の勤労感謝の日までの三日間で行われる。

ブルーラグーン・パーティは出展者として参加するわけではないが、この期間中は忙しくなる予定だった。

サークルが見込まれてというより部長、つまり小田垣観月が駒場祭委員会に見込まれ、この第五十五回駒場祭から私設警備を〈請け負う〉ことになったからだ。

駒場祭委員会の申し出は、渡りに船と言えた。見返りはもちろん、幾ばくかの部費であったりテニスコートの優遇であったりするが、何より、一度地に落ちたサークルの評価をもう一度浮上させる、汚名返上にはいい機会だった。

駒場祭を事故なく安全に護《まも》り、つつがなく成功させる。

特に、前年の警察沙汰を体験している部員には、この気持ちが強かった。

有志、と観月は告げたが、この日サークル活動に集まる予定の三十数人には、少なくとも前年の不祥事を知る者は全員含まれていた。

勢い、この日はテニスコート上の活動にも全員の気合いが入るようだ。潑剌《はつらつ》として、警備の予行演習ではないが、皆がそれぞれの身体の〈キレ〉を確認するかのようだった。

率先してラケットを握り、三十分ほど休みなく動いてから、観月はコート脇のベンチに座った。

「ふう」

背凭れに寄り掛かり、足を大きく投げ出し、蒼空《あおぞら》を見上げる。

そよ吹く秋風が気持ちよかった。

真っ青な空に、ゆったりと流れる綿雲が一つあった。

太陽の下で、真面目に汗を流すのは随分久し振りのような気がした。

糖分の補給ばかりでなく、陽光にその身を晒すことも脳の活性化には大いに役立つものだ。

観月は秘かにこの行為を、〈光合成〉と呼んでいた。

澄み渡る秋空の下で汗を流せば、それだけで、酒倦《う》みの心身が一気に浄化されていくようだった。

特に観月は、駒場キャンパスのテニスコートでの、夏以外の土、日のサークル活動が好きだった。

なんと言っても、ドミトリーの自室のベッドから起き上がったジャージのままで、ラケット一本携えればすぐにも出てこられるのがいい。

寝癖と洗面のことはひとまず措《お》くとして、利便性は格別だ。

この日も、最終兵器の目覚ましで起き、ギリギリセーフの朝食を摂り、水を浴びるような洗面と歯磨きだけを済ませ、最低限の荷物を入れたナップサックを背に、ラケットを手に、ドミトリーから駆け出した。

集合時間に起き出したのだから間に合わなかったが、十分に練習出来る時間には直接テニスコートに到着した。

徒歩圏内に住むことの賜物だが、そんなわけで、寝癖は今でも後頭部にあって、秋風が吹けばしなやかに揺れた。

あともう少しの汗が、寝癖を黙らせるには必要だった。

それでも、陽光と適度な運動によって脳の活性化は始まっているようで、思考は実にクリアだった。

テニスは全身のスポーツだ。動いていると、体温と同時に脳温度もほどよく上がるようだった。

頭の回転がいい悪いなどとは、一般的によく聞く言葉だ。
頭の滑らかな回転とは、滑らかな思考のためのギアの意味だろう。
滑らかさを突き詰めればやがて、深く深く、螺旋《らせん》の思考。
ギアは上がってゆく。
(それにしても)
前夜、〈蝶天〉のバーカウンターで思ったことを反芻する。
反芻して突き詰め、閃いた違和感から引っ掛かりを削《そ》ぎ落とす。
良いか悪いか。
整合性は取れているか否か。
表と裏、裏と表、表裏は一体不可分であってしかし、紙一重。
そこから裏返す裏返し。
誰が誰、誰と誰。
思考とは泡だ。水底から無数に浮かんでは弾け、浮かんでは弾け。
その繰り返す繰り返し。
実体はなく、ただ一握りの実相を探り、実相に至る。
(ふうん)
おもむろにナップサックから携帯を取り出し、観月はメールを打った。

相手は昨日銀座で寿司を食べさせてもらった氷川だった。

〈休日に失礼します。昨日はご馳走様でした。それで、早速ですけど次の同伴の件、今度の火曜日でOKです。というか、火曜日にしてください。待ち合わせ時間、場所等は前回と一緒でどうでしょう。というか、一緒にしてください。行きたい店の希望は――〉

銀座資生堂《しせいどう》パーラー、と打ち、観月は全文を一度確認した。

「少し硬いかな」

そんな気もしなくもなかったが、文法的に間違いはなかろうと思われたのでそのまま送った。

返信は、すぐに来た。

〈わかった。銀座資生堂パーラーで。本店レストランだな。俺も何度か使ったことがある。予約しようか。コース？　アラカルトでいいのかな？〉

目を細め、返信文を冷ややかに見て、観月はメールを返した。

〈予約は必要ありません。というか、不可です。行きたいのは三階のサロン・ド・カフェですから。私の食べたい物はたっぷりの甘味ということで。では、火曜日に。前回と同じ時間、同じ場所で〉

送ってその瞬間にはもう、氷川のことは振り捨てた。

そのまま次に、今度は電話を掛けた。

通話の相手は裕樹だったが、出なかったので伝言を入れた。

内容は双方向のコミュニケーションが必要なものでもなく、拒否不可の一方的な依頼と申請なので、それでも問題は何もない。

「これでよし」

電話を終えた瞬間にはもう、裕樹のことも捨て置きだ。

なんと言っても今は、学生としての有意義な時間、のはずだ。

ちょうど、サーブ練習からコートの外に出てきた二年生の女子がいた。仲村梢《なかむらこずえ》という、早川真紀と同じ理I工学部志望の自宅通学生だった。家は千葉の市川《いちかわ》だと聞いた。

年齢は一浪した関係上、観月より年上の二十一歳で、サークルの中では最年長女子ということになる。

ブルーラグーン・パーティに、三年生以上の女子はいない。〈そういう〉サークルだったからだ。

梢は、幼い頃から家族でテニスを嗜《たしな》んでいたそうで、観月がこのサークルに入って一番初めに硬式テニスというものを教えてくれたのがこの梢だった。

「よいしょっと」

観月の隣に座り、首から掛けたタオルで汗を拭う。かすかに甘い香りがした。何かの香水だろうか。

梢は背の高いメガネっ娘で、グラマラスで大らかだ。サークル内での人気も高い。

「あれ？」

梢の姿を見て、ふと思い出した。

「ねえ、梢。私さ、今日、河東さんをまだ見てないんだけど」

聞いてみた。

なんというか、河東も梢の熱烈な〈ファン〉だったはずだ。

「そう？　いるはずよ。私、朝イチでラリーの相手を頼まれたもの」

梢は、首筋にタオルを当てながらコートを見渡した。

「そういえば、いないわねえ。気が付かなかった。全然」

なんというか、興味の行方として、河東が少し哀れに思えなくもない。

まあ、それはそれとして。

「あ、いたのね。じゃ、わかった」

いたはずなのにいない、のは河東の場合、割りと簡単に当たりは付けられた。

「ちょっと抜けるわね」

そう言って観月は部室に向かった。

案の定、外からでもかすかに流れ出る紫煙がわかった。

換気を考え、流れるようにしているところが大いに間抜けというか、割り合いに律儀だ。

「河東さんっ」

少しきつめの声を外から掛ける。

返事の代わりに、

「うげっ。でっ。たたっ」

という言葉が聞こえた。

「ドドンッ。バタタバタタ」

本当にバタバタしながら、河東が部室から姿を現した。

肩を落としている。

「なんで吸うかなあ」

観月は腕を組み、河東を真正面から冷ややかに見た。

「これで貸し二っていうか、次はないって言いましたよね」

「ぐわっ。その、ムグゥゥッ」

口を尖らせ息を詰め、真っ赤になってから息を吐く。

「その、ごめん」

頭を下げる。わかりやすい。

観月は頭を掻いた。

「まったく、しょうがないなあ。——けど。まっ、いいですよ」

「ホエホエ？」

河東はすぐに顔を上げた。

これも実にわかりやすい。

つまり、御しやすい。

「近々、ちょっと頼みたいことが出来るかもしれません」

「はてはて」

腕を組んで首を左右に振る。振る。振る。

この人は本当に、これで二十一歳なのだろうか。

「で、何を？」

「まだわかりません。あるかもって程度ですから。けど、あった場合には見渡す限り、私の周りでは先輩しか見当たらないんで」

「うほっ」

「その反応こそよくわかりませんけど。とにかく、先輩しか見当たらないんで、それで貸し二を帳消しでいいです」

「やったぁ」

「その代わり、帳消しってだけで、許可したとかってことじゃないですからね。火気厳禁はルールです」

「アタタ。そりゃまあ、わかってはいるんだけどねぇ」

「わかってるって、じゃあ何ですか」

「ぐふふ。背徳だよ。紫煙に背徳の香りを付ければ、二七〇円のマイルドセブンもハバナシガーのパレホに劣らず、なのだ」

「――阿呆《あほ》らし」

放っておいて観月は背を向けた。

この日はとにかくテニスに没頭する。汗を流す。

それ以外は観月にとって、すべて些事だった。

二十

火曜日になった。

観月はまず待ち合わせの同伴客、氷川と一緒に資生堂パーラーに向かった。

さすがに老舗のパーラーで混んではいたが、なんとか待つことなく席に着くことが出来た。

席に着けさえすればこっちの、いや、観月のものだった。独壇場というやつだ。季節のパフェ、おすすめパフェ、今月のパフェ、etc.

それらを五周はしただろうか。

サロン・ド・カフェのスイーツそのものはもちろん高級だが、それこそ銀座での寿司懐石やフレンチのフルコースにも勝るとも劣らないほどの金額を、〈量〉で食す。

氷川は途中からフォークを咥《くわ》え、ただ唖然《あぜん》として観月の食いっぷりを眺めていた。

「す、凄いな」

昔から、観月が本気で甘味を食べると誰もが同じことを言った。

ただ見ているくらいなら一緒に食べればいいのにと、そう思ったことを口にするとまた決まって誰もが、

――見ているだけで胸焼けがする。

と言って首を横に振った。

可笑《おか》しなことだ。実は甘味が苦手で、その言い訳をしているのかもしれないと本気で思ったものだ。

なぜなら、観月はどれほど〈実食〉しても胸焼けなどしたことはなかった。

その後、出勤した〈蝶天〉は休前日だったが、それほど混んではいなかった。週が始まったばかりの火曜日、ということが影響したものか。

氷川はこの日、あまり酒を呑まなかった。いつもより長く店にはいたが、酒量は半分以下だった。

こういうときは盛り上げて〈ボトルを減らす〉と教えられてはいるが、苦手なので観月は実行したことはない。

それよりなにより、氷川はしきりに胸から腹部に手を当て、胸焼けが、だの、胸も腹も一杯だ、だのと最後までぶつぶつ言いながら帰っていった。

閉店後、三々五々にキャストが帰り、黒服たちも帰って、店長と副店長だけになった店にこの日は観月も残った。

日々売り上げの最終チェックをする二人にはいつものことだが、観月には初めてのことだ。

キャストルームで着替えを済ませ、本社部屋に顔を出す。

三人になってから十分もすると、二人の仕事も終わったようだ。

ちょうどそのとき、測ったように児玉店長の携帯が鳴った。

「了解です。今、降ります」

わかっていた電話だったのだろう。言いながら田沢副店長に目配せし、児玉は田沢と二人で本社部屋を出て行った。

理由は最初から、観月にはわかっていた。

これは間違いなく、観月が裕樹に送った依頼と申請の結果だ。

案の定、それから五分もしないうちに、裕樹を先頭に三人ともが上がってきた。

それぞれが両手に、大きな紙袋を持っている。

「これ、本当に一人で?」

紙袋を応接テーブルに置き、まず裕樹が聞いてきた。

その紙袋の中に入っているのは、店内防犯カメラの記録を収めた外付けＨＤＤだ。一か所のカメラの一か月分が一台だと最初に聞いていた。その一年分を運んでもらった。

一日分は営業開始一時間前の夜七時から、閉店一時間後の深夜一時までの六時間だ。おもに週五営業で四週間とすれば、一か月分はおよそ百二十時間になる。一台の一年分は、単純計算で千四百四十時間だ。

それにしても、裕樹に依頼したのは全部のカメラの分ではない。観月が思うところに従ってチョイスした二か所だ。

観月はそれらを、すべて記憶野に納めるつもりだった。

厳密に言えば、見たいのは一か所に絞られる。もう一か所は、その補完の意味合いが強い。

それでも、常人からすれば圧倒的なデータ量であり、そもそも記憶することなど不可能だろう。

だが、観月の超記憶なら、観月の超記憶を以てしても簡単ではないが、可能だった。

「ええ。数十倍速で見ますよ」

「全部？　一晩で？」

「まさか。視認出来る速さですから、一晩で全部は、物理的に無理でしょう」

「それなら、別に持って帰ってもらってもいいんだが」

「いやです。軽いと言ってもかさばれば重いし、持って帰ったところで、そんな物が見られるPCは持っていません。大学に運んで見るくらいなら、ここで何日かに分けての方が普通です。違いますか？」

裕樹は頷き、腕を組んだ。

「まあ、妥当か」

観月は何台かを取り出し、監視モニターのあるデスクに並べた。

「それにしても、今晩から明日一杯で半分は済ませるつもりです」

「わかった。頼んでおいてなんだが、無理はしないで欲しい」

「わかってます。そのための甘味と、同伴ですから」

「同伴、ね」

「ええ。一応、木曜と金曜も別々のお客さんで同伴は押さえてあります。赤坂の中華とか、帝都ホテルのなんたらとか言ってましたけど」

「なるほど。——それを強引に、資生堂パーラーで」

「はい。資生堂パーラーで」

「いいお客さんだね」

「よくわかりませんが。サロン・ド・カフェも高級です。私なんかの自腹では、せいぜい二種類が限度ですから」

「ああ。どうにも、見解の相違の離れ方が悲しいが」

裕樹がセカンドバッグから、ケースに入った一枚のＤＶＤと一本のキーを取り出す。

「これが別に頼まれていた、辞めたキャストの顔がわかるデータと、防犯センサーの起動ボックスの鍵だ」

裕樹は確認するように、それぞれを掲げてから応接テーブルに置いた。

「もっとも防犯システムの方は、君に言われた通り、次に僕から連絡がいくまでは基本的に警備会社はここにノータッチだ。巡回にも来ない」

「有り難うございます」

祝日は休みになる店を、営業が終了してから観月が占領する。これがカメラ映像分の依頼と同時に、観月が裕樹に申請したことだ。

話しているうちにも、店長や副店長も紙袋をテーブルに置く。

こちらの紙袋には、〈銀座ワン〉の裕樹の店で扱っている甘味が山ほど入っている。

焼き菓子セットに塩大福に豆大福、新作カヌレ、黄味餡のあんパン、等の詰め合わせというか、放り込みだ。賞味期限に余裕のある甘味を、それこそ紙袋に入るだけ入れてきてもらった。

「あのさ。ミズキちゃん。もしかして、これもまさか一人で」

聞いてきたのは田沢だが、児玉も興味津々といった顔だ。

「ええ。食べますよ」

「全部？」

「全部です。足りなければ補充の連絡をしますから、よろしく」

ただ素直な要求をしたつもりだったが、店長、副店長だけでなく、裕樹も含めて三人ともが唖然とした。

不思議なことだ。

男女を問わずだが、どうにも観月の周りにいる人は甘味に淡泊だ。今まで観月は、自分と同等の、つまり、〈甘味好き〉に出会った例《ため》しがない。

「ま、あれだ。それはそれとして、ミズキちゃん。俺たちにも、何か手伝えることがあるんなら」

店長が言い、副店長が頷く。

「ありません」

観月の答えはにべもない。

「ただ防犯カメラの特定映像を見るだけですから。それも、確証があって何かをするわけではありません。本当に、ただ漠然と見るだけです」

「ふうん」

店長がわかったようなわからないような顔で顎を撫でる。

「そうすると、どうなるんだい」

「わかりません。ただ少なくとも」

観月はテーブルの上を見た。

「これらのデータも甘味も、全部私の中に入ります」

さらにわかったようなわからないような顔をすると、人は困ったように見えるから、これも不思議だ。

「ま、いいさ」

手を打ってまず、裕樹が立ち上がった。

「あとは任せた。よろしく」

裕樹だけは妹の聡子経由で、観月の超記憶にある程度の理解はあるはずだった。

「あ。じゃ、お先に」

「俺も」

どうにも後ろ髪引かれるような様子だったが、店長と副店長も帰っていった。

「さてと」

誰もいなくなった本社部屋で作業開始だ。大きく伸びをして、十月現在の記録映像から見始める。遡る。

視認作業の、第一回目のデッドエンドは、もう日付が変わっているからこの日、つまり水曜日、文化の日の終電になる。

木曜は、一限から駒場キャンパスで講義があるからだ。学業に差し障りのないことが、作業の絶対条件になる。

――あんたの本分はさ、学生であることさね。

ドミトリーの竹子にも、そう忠告されている。

最大で全部を見るとして、二十五倍速で一か所分を五十八時間前後。そこで引っ掛かりがあったとしてももう一か所を適当に二十四時間も見ればいいか。

今回はまず、一か所目を出来るだけ確認する。

そうして翌木曜深夜から金曜に掛けては、金曜の講義が午後からだから朝までの六時間は使えるだろう。それで三分の一に届くか。

金曜深夜から土曜は、この文化の日と同様に、いや、土・日と店休が二日続く分、視認に不備不足があれば、ここからは二昼夜のエンドレスになる。

時間配分としてはまあ、そんな感じで妥当だろう。
最初はまず、無理をしていいことは何もない。確度も精度も落ちるだけだ。
無理をせず、ゆったり構えて。
その代わり、一瞬たりとも見逃すことなく見定め、すべての映像を脳に焼き付ける。
実際に脳を焼く危険もあったが、そのための甘味だ。抜かりはない。
データを納めさえすれば、観月の記憶野は外付けＨＤＤの能力を凌駕《りょうが》する。
出し入れ自在で交換不要で、故障はおそらく、すぐにはしない。
「さぁて」
見始めて三十分で、観月は元気よく、最初の和スイーツに手を出した。
そうして、手提げの紙袋の一つが空になる頃、
「ふぅん」
観月は、推論に至るひとつの切っ掛けを見出《みいだ》した。

二十一

そのまま作業を進めおよそ十七時間強が過ぎ、文化の日の夜、午後八時になった頃だった。

防犯システムが据えられたデスクの前で、観月はキャスター椅子を軋ませ、大きく伸びをした。

「終了」

この終了は、初日の目標とした分の宣言ではない。

そんな目標は数時間前に達成した。

あまりに順調だったのでそのまま継続し、定点カメラ映像の一か所目の、すでに七十パーセントほどはクリアしたと思う。

先ほどの宣言は明確な区切りではなく、多分に〈今日はもう止《や》めた〉という、決断の意味を内包したものだった。

それにしても、だいぶ予定を前倒し出来た。

ただ、出来たからと言って、余裕があったわけではない。

ある意味では、ギリギリでもあった。

作業の途中で不要と判断し、オープン前の一時間と閉店後の一時間をカットした。さらに慣れてからはオープン後すぐの一時間も飛ばした。

すると、視認しなければならない分がほぼ半分になった。

それで七十パーセントほどはクリアし、終わりにした。

いや、終わりにせざるを得なかったと言った方が正しいか。

運び込ませた甘味が、ギリギリだった。二時間前にはすべて消費していた。

手提げの紙袋四つ分を補給しても、終了時点での観月の頭の芯には、澱のような疲労がこびり付いているようだった。

偏頭痛の卵、と言ったものか。

付き合いはもう、八年を超えるから予兆はわかる。

実際に起こる偏頭痛は〈脳疲労〉のサインであり、度を超すと〈脳過労〉となり、

――酷いとね。脳神経が焼き切れるかもしれない。

と、観月は市立病院の藤崎医師から説明を受け、

――これはさ。脅しじゃないからね。いい？

と、東大病院の百合川女医から念押しされていた。

糖分の補給がなければ、これ以上は超記憶の発動は無理だった。

そもそも、漠然とではあるが現状で取り込んだ情報だけでも内容は濃かった。精査が必要だった。

甘味の枯渇は、いい切っ掛けだったかもしれない。

後片付けをし、戸締りをし、借りたキーでセキュリティをオンにして裕樹にメールを入れた。

〈チェック終了。警備会社の方、お願いします〉

お疲れ様、と返信が来るまで待機し、外に出る。

時刻は九時を回っていた。すっかりと夜だった。

前日に駒場キャンパスでランチAを食べて以来、脳の糖分補給用の甘味以外食べていない。

さすがに、オマケ程度の炭水化物くらいでは、〈腹が減る〉というものだ。

（さぁて。何を食べますか）

そんなことを考えながら、銀座線の方向に歩く。

ただし、思考は全体的な疲れもあって四方に散り、一向にまとまらず要領も得なかった。

食事のメニューを決めるということだけではない。

明日の講義のこと、サークルのスケジュール、〈Jファン倶楽部〉のサロンのこと、諸事、些事。

そして、この十八時間余りで脳内記憶野に納めた映像のこと、その分析や解析の道筋。

すべてが同時に湧いては、脳内をゆっくりと巡るようだった。

まるでオールド・カルーセル、木製の回転木馬のようだ。

（やっぱり、きちんと寝ないとダメだわ）

人の脳は、寝ている間に記憶を整理整頓する。

ノンレム睡眠は〈手続き記憶〉を固定し、記憶全体を関連づけて統合し、レム睡眠は〈エピソード記憶〉を固定し、引き出しのタグを付けるという。

そのほかにも睡眠には、体温を下げる機能があるという。

脳は、筋肉の四倍以上のエネルギーを消費する器官だ。そして、エネルギーの消費にはおしなべて熱を伴う。

乱暴に言ってしまえば、脳は筋肉の四倍の熱を持つということになる。

睡眠によって体温を下げ、休息を与えないと、どんな人でもいずれは脳がオーバーヒートを起こすことになる。

超記憶を発動した観月には、このことが特に他人よりも顕著だ。

（駄目だ駄目だ。下手の考え休むに似たりって言うけど、似てるだけで別物よね。とにかく、何も考えず帰りますか。コンビニの新作ドーナツなら何種類か、冷蔵庫の中にあったし）

などと諦めだけはついたとき、観月の頭上には銀座線への案内が輝いていた。

翌日、木曜も資生堂パーラーへの同伴に始まり、深更から朝までの作業は予定通り行われた。

それにしても、この日の甘味消費量は、サロン・ド・カフェにしろ裕樹が店に運んだ物にしろ、金額はさほどではなかったろう。火曜日に比べればだいぶ少なかったはずだ。

作業量を鑑み、観月自身が〈消費量〉を構成したからだ。

それでも同伴の客は、ロングスプーンを咥えたまま氷川同様、唖然としていた。

波多野《はたの》という三十そこそこの、たしか英幸《ひでゆき》という名前だとか、天下の四葉《よつば》銀行に勤めているとか、そんなことを言っていた気はするが、観月の超記憶をしてすり抜けてゆく薄い印象の男だった。

ただ、

「す、凄いね。あはっ」

観月の食べっぷりを見て、最後に手を叩きながら言ったこのひと言と笑顔は、それだけはなかなかに印象深かった。

この二日目は予定時間一杯まで粘り、ドミトリーに帰って仮眠を取り、午後の講義に出てまた、資生堂パーラーに向かった。

気が付けば本当に、この何日間かはスイーツしか口にしていないような気がした。

脳の栄養という以前にスイーツは、欲を言えば小豆餡が、もっと言えば小豆のこしあんが大好物だが、それだけで生きてゆくつもりは毛頭ない。

ラーメンも餃子《ギョーザ》も、ナポリタンもカツ丼も牛丼も回転寿司も好きだ。

煎餅《せんべい》もポテトチップスもいい。つまみ系もなんでも好きだ。酒そのものもなんでもいける方だと思っている。

特に最近だとカクテルに目覚めたかもしれない。

（ま、あれよね。それもこれも、今晩の分で終わり。終わらせてからの話。もう暫く、あとちょっと）

すでに、作業予定を前倒しした分のデータは脳内に納めていた。

順調と言えば順調だ。今週末の二日間全部を、〈蝶天〉の本社部屋での作業に費やす羽目にはならないだろう。

これは楽観ではなく実感だったが、ただし、リスクマネジメントは重要だ。

万が一にも甘味が不足すれば、心身の健やかさが損《そこ》なわれる。

それでこの日はまず、火曜を超えるスイーツ量をサロン・ド・カフェで記録した。パティシエまでが出てきた。同伴客の顔は当然、氷川も波多野も超えて見物だった。

閉店後の甘味の持ち込みも、多いと言えば多くした。火曜は店長と副店長が運び込み、裕樹は外付けHDDを持ってきたが、この夜は裕樹の紙袋にも甘味が満載だった。

「じゃ、あとは任せた。よろしく」

裕樹の言葉が、作業開始の合図だった。

初動はサロン・ド・カフェで堪能したスイーツの分で十分だ。

脳を燃やす。記憶野が燃える。

超記憶の発動。常人にはない能力。

当然、常人を超える集中力も必要だ。

見逃すことなく、見誤ることなく、ファジーな中にも結論への道筋、出来るなら最短距離を導くのだ。

最後に、裕樹から預かった辞めていったキャストのDVDを開く。

その容姿を記憶野に落とし、今まで納めた一年分の映像と摺り合わせる。

目を閉じ、一人静かに、呼吸も深く、椅子に動かない。

他人が見たら眠っていると思われるような状態だが、実際には観月の記憶野の中を、無意識と意識の狭間で選別された様々な記憶が縦横に走った。

そうして、すべての〈作業〉が終わったのが、土曜の夜、十一時頃だった。まだ終電には間に合う時間だ。

帰ってたっぷりの睡眠を取り、記憶を整理整頓する。バグを除去する。

そうすれば、脳内データの取り出しは自由自在にして、必要な事象が浮かび上がるだろう。

「今回もすっかりと夜ね」

というか、入ったときが夜で、夜をひと跨ぎしたということだ。

後片付けをし、ワンショルダーバッグを斜めに掛け、裕樹にメールをして外に出た。

文化の日の夜にも感じたことだが、休日の夜の並木通りには、険がない。人通りそのものも多くはないが、〈街並み〉そのものが穏やかだ。

そんな中を、ゆっくりと歩く。

学生としての昼間と、バイトではあっても水商売に関わる夜のギャップが、どうにも不思議だった。

（さぁて。今日こそ、何を食べますか）

この夜はそんなことをしっかりと考えられるほど、心身共にまだ余力があった。

単純に〈脳労働〉に費やした時間だけのことではない。引っ掛かりを補完する二か所目の記録は、必要最小限のポイントだけをチョイスし、他は切り捨てて早送り無しに見たからだ。

やはり、二十五倍速の動画はそれなり以上に脳に負担が掛かるものだということは、身を以て体験した。

（それにしても）

データに、見るべき所はあった。間違いなく見て良かった。

しかも、キャストとして働いた後で正解だった。そうでなければおそらく、引っ掛かる箇所はなかったはずだ。

ただ、その引っ掛かったデータをどう処理するか。

これは演算速度の話ではない。

胡乱《うろん》と潔白の線引き、いや、むしろ正誤の判断、確証と確信の是非、有無。

そんなことを考えながら、ずいぶん歩いた気がした。

「えっ」

気が付くと並木通りから、花椿通りに入っていた。

人出の少なさと時間から、どこかでキャストとして〈蝶天〉に入った日の、バイト上がりの気になっていたかもしれない。

「あちゃあ。こっちに来たって、今日はタクシーさんいないのに」

言いながらもいないタクシーの方に恨みがましい目を向けると、何人かの黒いコートの男が立っているのが見えた。

例の大立ち回りの夜に見た顔ばかりだ。

美加絵の店、〈ラグジュアリー・ローズ〉のドアマンたちだった。

二十二

一人のドアマンと目が合った。

別に避ける理由も観月にはなかったので、寄って行った。

このときふと思い出した、立ち寄りの理由もあった。

「こんばんは」

合っているような場違いなような、深夜の挨拶は難しい。

「おお。この間の」

「聞いたよ。あんた、うちのママのコーチだって？」

「へへっ。強いコーチだねえ」

などと何人かが話し掛けてきた。

頃合いからすれば、そろそろ客も引けて仕事的に暇にも饒舌にもなる時間、と言うことも出来る。

が、素朴な疑問が観月の中に湧いた。

「あの、今日は土曜日ですけど、〈ラグジュアリー・ローズ〉って」

銀座に、蝶が舞い飛ぶのは主として平日の、しかも夜になる。それ以外は、〈昼〉に生きる者たちに主役を明け渡す。

「ああ。うちの店はやってるよ。銀座だとよ、土曜にやってるとこは、あんまり多くねえけどな」

一人が答えた。

見た目、一番若い感じの男だった。観月と大して違わないだろう。

「じゃあ、ママは」

同じ男が右手の親指で上を差した。

「いるよ」

「じゃあ、ちょっとご挨拶に上がってもいいですか」

「ねえ、兄貴。どうします？」

男は、喫煙エリアの方に顔を振り向けて聞いた。

「ママのコーチが、挨拶しに上がりてえって言ってますけど」

「いいんじゃねえか。土曜だしよ。ママも暇してんじゃねえか。もう閉店も近《ちけ》えし、こっからぁ、どなたさんも来やしねえだろ」

そんな返事が返った。

「へへっ。だってよ」

「有り難うございます」

男に頭を下げ、観月は最上階へ向かった。

下から連絡がすぐに上がったようで、黒服の一人が出迎えてくれた。

客とキャストが何人いるのかは観月にはわからなかったが、ホールから感じられる気配はそう多くはなかった。賑やかさがないというか、どちらかと言えば静かなものだ。

黒服の先導で店長室に向かう。

「あら」

美加絵は暇そうな顔で、紫煙をくゆらせていた。

「どうしたの？　今日は、宝生のお店ってお休みだったんじゃない」

「休日出勤って奴です。あれ、残業かな」

「ふうん。――どうぞ」

美加絵は煙草を揉み消し、観月にソファを勧めた。

「こちらは、土曜もやってるんですね」

「言ったでしょ。うちはヤクザがバックについてるお店だから。これ、どういうことか、わかる？」

「いえ」

「そうよね。ううん。それが普通。それでいいんだけど」

観月の前に湯気の立つコーヒーカップを置き、自分の分を手に持って近くに座る。

「暴対法も厳しいし。こっちの稼業の方には、堅気の人たちと同じ日、同じ場所に行きたくない人、行けない人も多くてね。ここは、平日は堅気さんのお店だけど、土曜くらいはね、ゴルフ帰りだったり、会合だったり。そんなんでうちのお店は、馬鹿でわがまな連中の溜まり場に早変わり」

「へえ。そうなんですか」

「もっとも、来ない日は誰も来ないけどね。今日も、開店休業に近いかな。でも、それでもいいんだって。父も兄もね、ホント、適当なことを言うけど。それで組の面子《メンツ》は立つんだってさ」

美加絵は足を組み、コーヒーカップに口をつけた。

「で、わざわざ上がってくるなんて、どうしたの？」

「これです」

観月はバッグから、何やらを取り出して美加絵に渡した。これが、ふと思い出した立ち寄りの理由だった。

美加絵に出してもらった一万円の、タクシーの領収書とお釣りだ。

「ふうん。律儀ね。――でも、そうね。それが普通なのかな」

美加絵は壁の時計を確認した。観月も釣られて見た。

時刻は、午後十一時四十分を過ぎていた。

もうすぐ日付も変わる。

「ああ。もうこんな時間か。ねえ、また一杯、付き合ってくれる？」

「またって、あのバーですか」

「そう。私が気楽に呑める店って、あそこしかないからさ」

つまり〈Ｂａｒ　グレイト・リヴァー〉、高木の店だ。

軽くなら、と条件を付けて承諾する。

先にエントランスに降りて待てば、五分ほどで美加絵も降りてきた。並んで歩いた。行き方はもう、観月にもわかっていた。

「〈ラグジュアリー・ローズ〉だけじゃなく、あのバーも土曜もやってるんですね」

そうよ、と言って美加絵はかすかに笑った。

「あそこもさ、土曜に開いてるお店ってこと。わかる？」

「じゃあ、沖田組の」

「当たり。でも当たりじゃない」

「えっ。それって」

「うちの遠い親戚みたい。私に深い付き合いはないけどね。――私はあのマスターを、マスターとして知るだけ。マスターも私を、沖田の店のママとして知るだけ。私はヤクザじゃないけど、ヤクザの家に生まれて生きてる。マスターも似たようなものね。お互いにグレーだから、私はあのお店が楽なのかも」

「ああ。わかります」

「あは。ホントに？」

「ええ。理屈だけは」

美加絵は歩きながら観月を見た。

「ふうん。さすがに東大さんね」

美加絵の言わんとするところとは少しズレがあるかもしれないが、特に議論することでもない。

居場所というものは、他人に決められるものではない。逆に言えば、他人にわかるものではない。楽しかろうと苦しかろうと、疎まれようと頼られようと、自分で決めたら、そこがその人間の居場所になる。

観月にとっては和歌山の実家であり、東大であり、ドミトリー・スズキであり、〈四海舗〉だ。

〈Ｂａｒ　グレイト・リヴァー〉は、この日も空いていた。というか、〈Ｂａｒ　グレイト・リヴァー〉という空間の中にはマスターの高木以外存在しなかった。

美加絵はいつもの席に座り、いつものカクテルを呑んだ。空間を騒がすことなく、馴染んで見えた。

そういった意味では、観月だけが異物だったかもしれない。

おそらく、ここは美加絵の居場所であり、観月の居場所ではない。

〈マスターのお勧め〉を二杯呑んだ後で聞いてみた。

「マスターにとって、このお店はどういう存在ですか」

城です、とマスターは即答した。

それで十分だった。

「ご馳走様でした。帰ります」

席を立ってバッグを肩に掛ける。

「じゃあ、私も」

三杯目を呑み干し、美加絵も帰り支度でついてきた。

大通りに出ると、また一万円をくれた。そのためについてきたようだ。

「今度こそ、領収書もお釣りも要らないわ。その代わり、また一緒に呑んでね」

タクシーはすぐにつかまった。

じゃあ、と細い指の手を上げ、美加絵は去ろうとした。

「あの」

ドアが開いたところで、ふと、観月は美加絵を呼び止めた。

「何？」

「あの、本当にやりませんか」

「何を？」

「テニス」

美加絵は微笑んだ。

陰のある笑みだった。

「またね」

美加絵から明確な答えはなかった。

タクシーに乗り込み、目的地を告げ、五條橋の交差点の辺りで止めた。

タクシーを降り、緑道に入る。

夜空には星もなかった。厚い雲に覆われているようだった。

銀座や六本木、新宿や渋谷、上野や池袋といった繁華街にいるとわからない。

夜の本当の暗さは、普通の人が眠る場所にある。

緑道に足を踏み入れたところで、観月はふと立ち止まった。

「ちょっと」

風に、少し障る匂いを感じた。

前回、美加絵と呑んだ後に感じたものと、まったく同種のものだった。

「この前も、もしかしたらいたかしら」

「へえ。鋭いね。凄えよ。勘がいい」

果たして背後の、交差点向こうの緑道に染みのような影が立ち上がった。

シルエットからするに細身の長身で、声からして〈鍛え〉のある男だった。

「勘じゃないけど」

「ほっ。なら、ますます凄えってもんだ」

顔の見えない男がゆらりと動いた。

拍子を合わせるように、観月は大きく一歩退いた。

それを恐れと取ったものか、

「へへっ。お試しだ。悪く思うな。殺しゃしねえよ。怪我《けが》はするかもな」

軽口を叩き、男は観月に近付いてきた。

理由はわからなかったが、考えている場合でもなかった。

逡巡《しゅんじゅん》や躊躇は、惑いだ。天地自在からは真逆に位置する。

ワンショルダーバッグをきつく締め直し、観月はスニーカーの足を少し左右に開いた。

小さく呼気を吐き、吸い、吐く。

それで、関口流古柔術に曰く、即妙体が出来上がった。

風を呼び、嵐を巻く無敵の位取りだ。

「へえ。凄え凄え」

男は感嘆を口にすると同時に、一気に間を詰めてきた。

最初から匂いのような抑えた〈気配〉はあったが、明確な〈闘気〉が爆発したのはこのときが初めてだった。

〈お試し〉と言った言葉通り、怒気や殺気のような一切の陰の気が闘気に紛れないのは、それだけで男の力量を知らせるものだったろう。

観月をして恐るべし、と言ってよかった。

だがそれでも――。

観月が習い覚えた鉄鋼マンの古柔術は、誰にも負けない。

男は一足飛びに走り、観月の前に立った。

音はなかった。風圧がまず観月を襲った。

目を細めるだけで耐えれば、男はノーモーションから右の拳を繰り出した。

試しと言いながら、明らかに観月の顔面を狙った、躊躇のない一撃だった。

ひゅっ、と鳴ったのは観月の喉だったか。

拳が届く刹那、観月は触れるように伸ばした右の繊手《せんしゅ》に拳を巻き取った。

後《ご》の先《せん》を取る拍子だ。

そのまま頬を寄せるようにして男の腕に寄り付き、左手でその腕をかち上げるようにして肩に乗せた。

背負いの変形、山嵐の亜流だが、速さは観月ならではのもので、柔よく剛を制する威力を秘めていた。

「おっ」

観月の真上で逆立ちする格好になった男はしかし、動じることなく自身の身体をその場で捻《ひね》った。

力は相殺《そうさい》されて投げには至らなかったが、そんな状態からでも観月は諦めなかった。

地上に降り立とうとする男から引くようにして手を離せば、わずかにバランスの乱れが見て取れた。

そこからでも男は、大気を裂くような唸《うな》りを上げる見事な前蹴りを仕掛けてきた。

だが、わずかに重心がずれていた。

微動三寸の見切りでいなし、音もなく擦り寄り、観月は男を今度こそ関口流古柔術の螺旋の中に巻き込んだ。

流水の動きに止めどはない。そこから嵐となり、天に巻き上げる意識の回転で投げる。

「うえっ」

拍子が合えば、人は簡単に宙を飛ぶ。

男は逆しまになって宙を滑るようだった。

「なろっ」

だが、かろうじて地面に右手を出し、無様な激突は免れたようだ。鍛えの賜物、男の体術のなせる技だ。

「へえ。やるわね」

「お陰様でよ」

それでも、掌のダメージは相当なものだったろう。片膝立ちになった男は、右手首を左手で押さえた。

その場で立ち上がろうとして、男は背後の滑り台に気付いた。緑道に設置された、古い木製の滑り台だった。

「おっとっと」

男は背を反らすようにして、慌てて滑り台から離れた。

観月は、滑り台から奥、帰路に回り込むようにして動いた。

すると男から、ふと闘気の類《たぐい》の一切が消えた。構えもなく、素立ちになった。

「ま、こっから先ぁ、エリアだ。俺ぁ入れねえ」

男は頭を掻くと、そのまま背を返した。

「あんた。いい腕だ。殺しゃしねえって侮ったのは撤回だ。すまねえな」

「どういたしまして。でも撤回ってどういうこと」

観月は動かなかった。ただ声だけで刺すように聞いた。

「なぁに。どってこたぁねえや。ただ、次に会っちまったときにはよ」

――殺し合いになるって、それだけの話だ。

そんな言葉を残し、男は緑道の闇に消えた。

「――何よ。殺し合いって」

言葉にしてみる。

どの世界、なんの世界。

「バカみたい」

観月の胸中、観月の生きる世界において、その言葉に現実味は乏しかった。

二十三

週明けの月曜日は、一日中はっきりとしない生憎の天気だった。

薄陽の時間はあっても肌寒く、もう十一月であることを体感する。

観月はこの日、久し振りに自分なりの定時で〈蝶天〉に出勤した。

前週は同伴づいて、資生堂パーラーから営業中の〈蝶天〉に入った。ミーティングから出て京風スイーツを味わうのは、随分久し振りな気がした。

この日のスイーツは、抹茶を練り込んだ生地の豆大福だった。洋風スイーツもいいが、自分はこういう和物が好みだとしみじみ実感する。

この日は、裕樹も開店前から店に来ていた。

聞けば裕樹も、久し振りの〈蝶天〉だという。

今後の新規開発事業の選定や予算組みがあり、本社での仕事が忙しかったようだ。

そんなオーナーからの訓示で、ミーティングは始まった。

観月は私服のままで、特によくは聞いていなかったが、五分は話が続いた。

その間に失敬して、抹茶豆大福をもう一個頂いた。

最初は気を使って控えていたが、この頃になるともう、人によっては笑いながらも図々しいとか、厚かましいとか言われるほどになった。

アルバイトではあるがキャストとして、観月もこの夜で連続十六日目になった。連続ということはつまり、皆勤賞だ。

大きな声では言えないが、キャストや黒服も知らない文化の日と先週の土曜日も合わせれば、計十八日目の皆勤になる。

（仏滅から始まって、今日も仏滅か）

そう考えれば、京風スイーツの味わいもまた深い、というか抹香風味だ。豆大福をもう一個頂こう。

その後、オープン前に裕樹に呼ばれ、本社部屋に向かった。

ドアを開ければ、真正面にしかつめらしい顔の裕樹が座っていた。

「人の訓示の間に、スイーツを三つも食べたようだね」

「そのくらいのエネルギーが必要でして」

「我ながら、なかなかいいことを言ったつもりだが」

「タイムイズマネー、と考える人がキャストには多いです。いいことって往々にして観念的で道徳的で、どちらかといえばキャッシュレスですから。マネーに繋がらないタイムは、出来るだけ短い方が好まれます」

「ほう。じゃあ、君の場合はタイムイズスイーツかな」

「そうですね。でも、三つ分が限度でしょうか」

「気に留めておこう」

さて、と手を打ち、切り替えて裕樹は身を乗り出した。

ここからが、観月が本社部屋に向かう目的であり、この夜に裕樹がいる理由でもある。

実は裕樹を呼んだのは観月で、本社部屋に入るのは裕樹との打ち合わせがあったからだ。

この日以降、店内において行われることはフェイクであり、トラップであり、観月が分析したデータの解析が正しいか否かで、それはある意味、スタンドアップ・コメディにもドラマにも通じるものだった。

裕樹の訓示と同じくらいの時間を本社部屋に滞留し、観月はそれからキャストルームに入った。

「ねえねえ。何々」

なんで呼ばれたのか、といった顔や視線が多かった。

クローゼットでは、代表するように同い歳のキラリが聞いてきた。

ジュンナとの揉め事の一件以来、キラリとはだいぶ店での関係性が近かった。

「なんでもないわよ。スイーツの食べすぎを怒られただけ」

「ああ。三つ食べてたものね。凄いわよね。私なんて、あの大きさだと一個も食べ切れないもの」

そういうものか、と思いながら着替える。

「あれ、珍しい。かっこいいじゃん」

キラリが手を叩いて囃《はや》した。

この夜、観月が選んだ衣装は、いつも着ているものではなく、オフショルダーの、フィッシュテールのワンピースだった。鮮やかな黄色で膝丈で、いつも借りているマーメイドフレアのドレスより、着てみた感覚は想像以上にタイトだ。

両肩を出した格好も心細いというか頼りないというか、ある意味喪失感はあった。

壁は高いが、慣れは必要だろう。

「ちょっとね。思うところがあって、今週はこれ」

両腕をさすりながら言えば、キラリが寄ってきて小声で言った。

――何か零しちゃった？　クリームとか、アンコとか。

違うという言葉は出なかった。実際クリーニングには回してもらってあるし、そんな染み跡なら知られなかっただけでいくつも作っていた。

「まあ、そんなとこ」

曖昧に答え、観月はホールに出た。

それから営業時間の間中、移動するたびに客席の誰かから、

――おや。ニュードレスかい。

――いいねえ。似合ってるよ。

などと声を掛けられもした。

無表情は相変わらずで話術に長《た》けたわけでもないが、少なくとも常連客に、そういう〈変わり者〉が店にいるという認知はされたようだった。

ここはこれで、観月の居場所の一つになり得るか。そう思えばなにやら、心の奥底にかすかな疼《うず》きがなくもない。

この夜も〈蝶天〉は混んでいた。満員御礼と言ってよかった。

閉店間際になってカウンターバーに立ち寄り、観月は一番奥の、VIPルーム近くのスツールに腰掛けた。

「どういう風の吹き回し。そんなドレス着るなんて」

グラスを拭きながら京香が声を掛けてきた。この日はカウンターバーも忙しかったようだ。観月が見掛けただけでも都合五人の客がキャストと一緒に座っていた。

「思うところがありまして」

京香は観月の胸元に目を落とし、興味津々といった顔を寄せてきた。

「ねえ。何枚増やした?」

「企業秘密です」

「あら残念」

そんな軽口も言える間柄になった、と思ったものだ。

観月は剝き出しの両肩を回し、ひとつ大きな溜息をついた。

「お疲れモードね」

そんな様子を見て京香が笑った。

「そろそろ、いつものスイーツの時間かしら。今日は三つ残ってるわよ」

「要りません」

「あら、珍しいこともあるものね。――じゃあ、私のカクテルでも吞む?」

「そうですねえ」

少し考え、

「頂きましょうか」

「えっ。ホントに」

「おかしいですか」

「ううん。そうじゃないけど。――そうなんだ。本当に、疲れてるのね。きっと」

次第に京香の笑みが深くなった。いや、平板になったと言った方が正しいか。

万人に見せる笑みは、プロとしての表情、表現か。

「畏《かしこ》まりました」

それから、京香は神妙な面持ちでシェイカーを振るった。

軽やかに、リズミカルに、鮮やかに、艶やかに。

やがてグラスに、撫子《なでしこ》色の液体が静かに注がれた。

どうぞ、と言葉を添え、京香はカウンターの上にカクテルを供した。

「オリジナル・ワン。〈ブロッサム〉よ」

その声には、プロとしての京香の自信が聞こえた。

「綺麗ですね」

「綺麗なだけじゃないわ。カクテルはね、作るバーテンダーの人生そのもの。その命を分けるの」

「重いですね」

「だから染みるし、元気が出るのよ」

「なるほど。では、頂きます」

観月はグラスを取り、口をつけた。

液体という感じはまったくしなかった。

喉を冷たく、柔らかなアロマが滑り落ちてゆくような感覚。

言われてから呑むと、不思議なものだ。

人生を呑む、か。

その、香りと味わい。

「どう？」

「とっても美味しいです。ただ、これを人生だってわかるには、私にはもう少し時間が必要かも」

「それはそれで、若さの特権だけど」

京香は静かに笑った。

この日から、観月は同じような三日間を過ごした。

朝起き、竹子の作った朝食を摂り、駒場キャンパスで学生生活を送り、夕方になって銀座に出て、アルバイトに勤しむ。

勿論、サークル活動も徒《あだ》やおろそかにはしない。

なかなかハードではあったが、辛くはなかった。

イレギュラーやアクシデントがない限り、ルーティン化された日々に身体はすぐに馴染む。それも若さか。

ただ、若さや体力気力がどうあれ、一日の終わりには澱のような疲れが残ることもある。

そんな身体に京香のカクテルを求め、観月は次の日もバーカウンターに座った。

「今日もお疲れ?」

「多少は」

「呑む?」

「お願いします」

この日はシェイカーではなく、ミキシンググラスを使ったステアのカクテルだった。

グラスに注がれた液体は、鮮やかなバラ色だ。

「オリジナル・ツー。〈ブルーム〉よ」

「頂きます」

爽やかな味わいとエッセンス。

たしかに疲れが解けてゆく、溶けてゆく。

三日目も同じスツールに座った。

この夜はステアからまた、シェイクの透けるようなカクテルになった。

色は、空と海の間《あわい》のようなブルーだった。

「へえ。ずいぶん柔らかな、青ですね」

観月は言いながらふと、ショートボブの髪に手をやった。

耳元を掻き上げる。

「オリジナル・スリー。〈オープンハート〉よ」

細くしなやかな京香の指先がカウンターの上に揃い、グラスの足を優しく触るようにして観月の方に押した。

「どうぞ。一炊《いっすい》の夢を」

声に誘われるように、観月はカクテルグラスを手に持った。

京香が微笑みながら見詰めていた。

そのとき――。

「ああ。このグラスなんだけど」

ホール側の通路から、トレイに空のグラスを載せて裕樹がこちらにやってきた。

「ちょっと古くなってきたから、新しいのを買おうかと思う、って！」

観月とは真反対になるカウンターの端にトレイを無造作に置こうとし、裕樹は縁にトレイを引っ掛けた。

不注意と言えば不注意極まりない動作だった。

「おわっ」

力の方向に従い、傾けられたトレイからグラスが全部カウンター内に飛んだ。

盛大に耳障りな音が上がった。

「きゃっ」

耳を押さえ、身を竦めるようにして悲鳴を上げたのは京香だ。

「ああ。ゴメンゴメン。――おおい。だれか箒《ほうき》とモップ。大至急っ」

「あ、私も手伝います。大きい破片は先に拾わないと」

京香がカウンター内を小走りに動いた。

黒服も何人かが駆け付け、時ならぬ大掃除になった。

それを横目で見ながら、観月はカクテルグラスを傾けた。

「ご馳走様でした」

傾け終え、席を立った。

後片付けに集中していた京香の顔が、観月の方を向いた。

その目が、カウンター上に動く。

あるのはただ、空になったカクテルグラスだけだ。

「どうだった」

「美味しかったです。でも、不思議な味がしました」

「そう。でも、それが私のオープンハート。一炊の夢」

京香が満足げに頷き、艶冶《えんや》な笑みを見せた。

二十四

この翌日の木曜日は、一か月に一度の東大病院の日だった。

検査やら何やらで早くて一時間半、長ければ二時間を優に超すのがいつもの流れだ。

毎月十日前後の、百合川女医の都合に合わせて通うことになっていた。

予約はこの日の、午前十一時だった。

時間から言って、昼を跨ぐのは目に見えていた。

それでまず、朝イチで〈四海舗〉に顔を出した。

ドミトリーで竹子の朝食を摂り、〈四海舗〉で松子のデザートを食す。今回は昼食も兼ねてになる。

東大病院で検査されるのは、肉体の状態ではなく、脳の健康だ。糖分の補給は昼を跨ごうと跨ぐまいと、病院に行く前の観月にとっては必須だった。

白シャツに黒いジーパンの出で立ちは変わらないが、この日はその上にキャメルカラーの薄いジャケットを羽織っていた。

機能というより、深まる秋の陽気に合わせた格好だ。

日陰の肌触りも吹く風の匂いもこの数日間でめっきりと、初冬を感じさせるものに変わりつつあった。

「昨日も遅かったようだね。朝食もギリギリだって？」

松子が冷ややかに言いながら、出来立ての条頭を五皿、運んできた。

「うわ。さすが、以心伝心姉妹」

閉店後に少し裕樹と話をし、それからいつものタクシーでドミトリーに帰り、朝はいつも通り最終兵器の目覚ましで起こされ、たしかに遠くに、鍋底のアラートが聞こえた。そんな笹塚の朝から二時間も経っていないが、松子は相変わらず、よく知っているものだ。

逆もまた真なら、今観月が注文した条頭の皿数も、もう笹塚の竹子は把握しているかもしれない。

「今日は病院だろ。あんまり前日に深酒も睡眠不足も、感心しないね」

「ええっと。そうね」

竹子に言われたことをまた松子にも言われる。

気分は同じ人間に二度言われた感じだが、しつこい、と言えないところが、不思議というか不法理だ。

「昨日はまあ、特別だよ。もうないから」

一皿目の条頭に手を出し、口にした。

「おや。そうなのかい？」

「うん。いつまでって決めて始めたわけじゃないけど、ここまで連夜になるとも、長くなるとも思ってなかったのは事実だし」

「ふうん」

「ただ、切れが悪いのよね。人の柵《しがらみ》、情の絡み。私には遠いようで、いえ、遠いからこそ、惹《ひ》かれるっていうか、ハッキリさせたいっていうか、ね」

「答えが欲しいって。ふん。さすがに甘ちゃんの学生らしいわ」

「いけない？」

「十年後なら、駄目出しするだろうね。でも今は、学生だからね。好奇心も探求心も、それが若さの本分さね」

「ありがとう」

「それで、もうないって？」

「多分ね。バイトは昨日で終わり、かな」

「答えが？」

二皿目に手を出し、観月は頷いた。

「出ると思う。まだ推論でしかないけど、その先に見えるものが、どうにも揺るがないからさ」

「へえ」

「そのために、行ってくる」

「どこにさね。病院かえ？」

「ううん。病院の後に」

松子はそれ以上は聞いてこなかった。一度店内に戻り、ジャスミン茶を淹れて持ってきてくれた。サービスさねと言った。

有り難く飲んで、残りの条頭を平らげ、観月は〈四海舗〉を後にした。

十時四十分だった。いい時間だ。

東大病院での定期検査は、特に何事もなく進んだ。

百合川女医は〈順調〉という言葉を使ったが、変わらないことがいいことなのかどうかは観月にはわからない。いや、誰にもわからない。

次回の予約を取り、解放されたのは一時前だった。

外来診療棟から出て電話を掛けた。相手はブルーラグーン・パーティの先輩部員、河東だった。

〈四海舗〉で、頃合いを見計らって連絡はしておいた。間違いなく出るだろうとは思っていた。講義と講義の間の時間だ。

――お願いしたいことがあるんですけど。

観月はそう切り出し、簡単な説明はした。

この日、河東が本郷キャンパスに朝から詰めていることはわかっていた。三年冬学期ともなると基本が本郷キャンパスだが、個人のスケジュールによって大学そのものに出ない日もあれば、駒場キャンパスに来る日もある。

観月の病院と河東が本郷キャンパスにいる木曜が重なったのはラッキーだった。わざわざ河東を探し求める手間が省ける。

待ち合わせは、総合図書館の噴水脇に並べられたテラス席だった。昼食を終えた河東は、そこで待っていると言った。

病院からは御殿下《ごてんした》グラウンドの裏を回って三四郎坂《さんしろうざか》を上る。

パラソル付きのガーデンテーブルに陣取り、空き缶の灰皿を置いて、河東は煙草を吸っていた。

「また煙草」

あまり近付きたい環境ではない。呟きが思わず口を衝いて出た。

なんの治療をしたわけではないが、病院からの帰り道は特にそう思う。

頼み事が済んだらすぐに離れよう。

「お待たせしました。先輩、早速ですけど」

河東の真向かいの席に座り、上着のポケットからSサイズの透明なフリーザーバッグを取り出し、テーブルに置いた。

湿っているとわかるまだら模様の、レモン型のハーフパッドが入っている。見れば一目瞭然《りょうぜん》で、用途は誰にでもわかるだろう。

椅子から身を乗り出した河東の顔が、いきなり赤くなった。

「こ、これって、パッ、パッ。パパッ。パパパッ。パパパパッ」

「どこまで続くんですか。パフですよ。ちょっと大きめのパフ。ただの、わ・た・い・れ」

「わたっ。わたたっ。わたたたっ」

「まあ、実際にはポリウレタンですけど。とにかく電話でお願いした通りです。化学専攻志望の知り合いは先輩だけなんで。調べてもらえますよね」

「わ、わたたっ。わわわっ。わかったぁっ」

「では、よろしくお願いします。なる早で」

観月は席を立った。

とにかく、これで一つの結論は出るはずだった。

切っ掛けは〈蝶天〉最後の夜の別れ際に、ジュンナが言った言葉だ。

——あなたみたいに強かったら、呑まなかったのにな。

——私は、弱いから。

〈蝶天〉を辞めた夜、そんなことを言った。

てっきり、アルコールに対する耐性のことだと思った。

店に戻ってカウンターバーのスツールに座った後、京香の言葉が被《かぶ》って引っ掛かった。

――あなたは、強いわね。

――それなら私のカクテルなんて、永久に必要ないかもね。

閃きにも似たものだったが、脳裏を離れることはなかった。

弱さに対する強さ。

強いカクテル。

それで、防犯システムの記録を見た。

チョイスしたのは、カウンターバーとキャスト部屋のカメラ映像だった。特にはカウンターバーだ。VIPルームに近い壁に設置され、カウンターを挟んだ内外が見通せた。

何人もの、それこそこの一年間に〈蝶天〉に在籍したほぼすべてのキャストが何度も映っていた。

カウンターバーで、どの顔のキャストがいつ何を呑んだのかも把握出来た。

接客でだけでなく何人かのキャストは、閉店間際の頃合いに一人でカクテルグラスを傾けてもいた。ジュンナもその一人だった。

時系列で見るなら、まず京香がカウンター上でジュンナの耳に顔を寄せ、何かを話して撫子色のカクテルが出され、それから何日かして、今度はバラ色のカクテルがカウンターに載った。

辺りの様子を窺う素振りの後、この日は二杯目が供された。

それが、空と海の間《あわい》のようなブルーのカクテルだった。

今ならそれらが京香のオリジナルカクテルで、撫子色が〈ブロッサム〉、バラ色が〈ブルーム〉、そして、ブルーが〈オープンハート〉だと知る。

いずれにせよ、ジュンナはこの後、何日か置きにこのブルーのカクテルを呑んだ。

最後にブルーを呑んだ日、京香がまたジュンナの耳に顔を寄せた。

ジュンナの座った席が防犯カメラに近かったことと、京香がジュンナの左耳に囁き掛けたことは、ある意味幸運だったか。裕樹が導入した防犯カメラの精度のお陰でもある。

観月にはこのとき、京香の口がなんと動いたかの大体がわかった。

一度ではわからなくとも、脳内データの繰り返し再生は一瞬にして無限回だ。三十数度で理解出来た。知っている単語だったということも大きい。

この囁きの夜以降、ジュンナが一人でカウンターバーに立ち寄ることはなかった。

と、これがジュンナが辞める約二か月前のことだった。

同様の事象を、観月は脳内の記憶から広く探った。京香がブルーのカクテルを出すタイミングや回数はキャストによってまちまちだったが、複数人いた。

そして——。

辞めていったキャストのリストと照会した結果、ブルーのカクテル、〈オープンハート〉を呑んだ全員が含まれていた。

その全員の、カウンターバーでの様子とキャスト部屋での様子を、〈オープンハート〉を呑んで以降に絞ってさらに脳内データからチョイスし、〈注視〉する。

他に誰もいないキャスト部屋で、そのうちの三人が京香に紙幣を渡していた。

つまり——。

京香のオリジナルカクテル、それも、〈オープンハート〉には、必ず何かがある。

元気が出る何か。

恐らく、まやかしの何か。

それで、一か八か、裕樹に相談した。

——何日何回掛かるかわからないけど、呑もうと思います。

初日は撫子色だった。

違う。

二日目はバラ色だった。

違う。

そうして三日目が、空と海の間《あわい》のようなブルー。

これだ。

狙いは、このカクテルだった。

さりげなく、ショートボブの耳元を掻き上げた。

防犯カメラで、カウンターのスツールに座っているときの観月を終始トレースしているはずの、裕樹への合図だった。

——京香さんの気を逸らしてください。

指示はそれだけだが、実際、裕樹は上手くやってくれた。

京香にわからないよう、それとなくカクテルを採取する。

そのためのアイテムとして盛り上げた、ニュードレスだった。

「おううっ。パパパッ。パパパパッ。わたたっ。パパパッ」

河東はフリーザーバッグを手にしたまま、その場で繰り返した。

観月は、河東に背を向けた。十メートル離れた。

・

観月の携帯が振動したのはそのときだった。裕樹からだ。

——おや。何かの遠吠えが聞こえるが。

「お気になさらず。人畜無害です」

——今、いいかい？

「まだ、結果は出ていませんが」

――ああ。そっちは全幅の信頼で君に任せている。そっちじゃなくてね。

「なんでしょう」

――そう。全幅は放置するが、万全は早いうちから押さえるというか。申し訳ないが、今度の火曜日だけは店に出て欲しいんだ。是非とも。

「なるほど。性懲《しょうこ》りもなく、国家公安狸《だぬき》が里山に下りてくるとか」

――理解が早くて有り難い。最初はいい案だと思ったんだがね。いや、うちの店には間違いなくいいことだろうけど、君にいつまで頼ることになるのかと思うと、さすがに口は重くなろうというものだ。

「お気になさらず。正式なアルバイト依頼ですから。ただし、来週の依頼は、この火曜だけで、限定で。なんたって、週末はサロンですから」

――なんだって？　どこのなんていうサロンだって？

「いえ。こっちの話です」

――助かる。いや、現役の後輩に向けて、助かるという言い方も扱い方もどうかと思うが。

「実際、助けてますからね。扱い方は多少ぞんざいというか、酷使な気もしますが」

――いずれ、甘味で補塡《ほてん》しよう。

とにかく火曜の出勤を応諾して、電話を切った。

〈オープンハート〉のことはまだ河東に頼んだばかりだが、それも有りか。

「お願いしますよ。先輩」

三十メートルほど離れたところで、そう呟きながら振り返る。

河東の姿は見えなかった。その代わり、河東を遠巻きにする群衆が見えた。

「うわ。完全に見世物ね」

ハーフパッドを手にした河東の呻きは今や、完全な雄叫びになって総合図書館前に響き渡っていた。

二十五

火曜日の出勤は裕樹に約束したがそれだけで、木曜から月曜は店に出なかった。

——多分ね。バイトは昨日で終わり、かな。

と、東大病院での検査の日に、〈四海舗〉で松子に言った言葉は嘘ではない。

十六日の火曜日は、四営業日振りの〈蝶天〉だった。

なんとなく懐かしくもあり、どことなく〈馴染んだ職場〉の匂いもした。

この夜は午後七時前の定時に入り、しっかりとミーティングから出た。

「あら」

何人かのキャストは、観月のことを笑顔で迎えてくれた。キラリもその一人だ。その代わり、元ジュンナのグループにいたキャストたちの反応は、予想はしていたがおおむね冷ややかだった。観月が辞めたと思っていたのかもしれない。その他にも、観月に覚えはなくとも、とにかく客との関係が収入に直結する職場なだけに、どうにも嫌われている気がするキャストはいた。

実際にも、

――なんだ。出て来たんだ。

と、半笑いの誰かの声も聞こえたくらいだ。

ただ、そういう全体の空気も含めて、なんとなく〈居場所〉感はあり、良い意味で身が引き締まる気もした。

この日の京風スイーツは、クルミ餅だった。胡桃《くるみ》が練り込まれた生地は柔らかく、つぶあんの食感と相まって絶品だ。

それを〈銀座ワン〉から運んできたのは、スイーツ店の従業員で、この日はミーティングに裕樹の姿はなかった。

裕樹の不在は、前週の木曜に掛かってきた本人からの電話で、話の最後に付け足しのように言っていたから観月は前もって知っていた。

この日は午後から宝生エステートの方で、役員会があるという。例の、新規開発事業の選定が大詰めを迎えているようだった。

裕樹は本社での諸々《もろもろ》の仕事の後、顔を出せたら出すと言っていたが、ミーティングに不在なのは観月としては少し残念だった。

裕樹の訓示にもだいぶ慣れた、と思う。

だから最近では、京風スイーツを食べながら聞く分には、スプーン休めの〈桜漬け〉くらいには、甘味のいいアクセントになっていたのだが。

ミーティングの席では、代わる代わるに週間目標を発表していくGRの声を聴きながら、クルミ餅を堪能する。

ゆっくりと四個、クルミ餅を味わえばミーティングは終了した。

開店までの準備時間には、ちょうどいい感じだ。

「どうしたの。いきなり来なくなるから心配しちゃった」

ミーティング終わりに、京香がカウンターの向こうから話し掛けてきた。

「いえ。なんでもないです。ちょっと体調不良だったもので」

「もしかして、私のカクテルが合わなかった？　オープンハート」

カウンターに肘を突き、下から見上げる。

京香の表情は少し楽しそうにも、探るようにも見えた。

その判別は、どうにも曖昧だ。

これは観月のバイアスが掛かった感情に起因するものではなく、まだ至らない人生経験の浅さからくる迷いだろう。

「どうでしょう。でも、なんでそう思うんです？」

「ううん。なんとなく」

「この前の倦怠感《けんたいかん》自体、体調不良の表れみたいです。でも、もう大丈夫。元気になりましたから」

「そうなんだ。あ、じゃあさ」

京香は、花が咲いたような笑顔を向けてきた。

「私の元気が出るカクテルがさ。効いたのかな」

「わかりません。でも」

観月は言い淀《よど》んだ。京香の目が一瞬だけ泳ぐ。

「でも、何？」

「ううん。やっぱり、わかりません」

確定した何かを知るわけではない。それ以上を観月は言わなかった。

なおも京香は何かを言いたそうだったが、

「ミズキちゃん、副店長が呼んでるって」

と、背後からフロアマネージャーの声が掛かった。

弾かれるように観月はスツールから立ち、京香は清掃作業に戻った。

ちょうどいい助け船にはなったが、このとき呼ばれる心当たりは観月にはなかった。

とにかく、本社部屋に向かった。

副店長の田沢だけがいた。店長の児玉はホールで開店前の総チェック中なのだろう。

そういう時間だ。

「やあやあ」

副店長の笑顔が大いに気になった。口髭がこれ以上ないほどに吊《つ》り上がっていた。なんというか、レンタルDVDで見た、フレディー・マーキュリーのようだ。

なので、少し身構えた。

「何か？」

「いや。何ってことはないんだけど。あのさ。フロアマネージャーも言っててさ」

「はあ」

「ミズキちゃんがいなかった三日間にね、君のことを聞いてくるお客が結構いたんだって。今日は〈あの〉とか、〈例の〉とか、〈噂《うわさ》の〉、とか言いながら、アイス・ドールはいないのかって。それでさ」

膝上にあった田沢の両手が、組み合わさって徐々に上へと上がってくる。

動作として理解している。

揉み手、というやつだ。ここまではっきりした動作としては初めて見た。

「今日の大臣の件もあるけどさ。どうだろう。うちの店とGR契約しない？」

「えっ」

「あ、やっぱり無理だよね。天下の東大生さんだし」

「いえ。それはいいんですけど」

ちょうど、児玉がホールから帰ってきた。

「田沢君。無理強いはしないことだよ」

いい声だ。久し振りに聞いた気がした。

児玉は真っ直ぐ、観月の前に回った。

なんと言うかこちらも、今まで見たことのない笑顔だった。

初めて見たかもしれない。

「そこでだ。ミズキちゃん。どうだろう。曜日を決めた、キャスト契約というのは。当然、不定期のアルバイトよりは時給も考えるし、オーナーにもその辺のことは掛け合うつもりだが」

ツートップの笑顔が並ぶと、なにやら強力だ。即答を控えるのにも力がいる。

「考えさせてください」

取り敢えず、定番の逃げ口上でこの場を収めた。

今までどのアルバイトも無表情が理由で続いたことはなかった。職場で〈必要〉だと思われるのは、有り難いことだとは思う。心の奥底が疼く感じだ。

嬉しいのだろう。

ただ、夜という時間帯だけが問題だ。いや、大いに問題だ。

学業との兼ね合いの如何《いかん》は、松子にも竹子にも念を押されている。

その後は、そんなことを考える暇もないくらいにこの日は店が忙しかった。観月が忙しかったということかもしれない。

気が付けば児玉や田沢が言うように、ヘルプで入る客だけでなく、自身だけで付く客も多かった。

この日はとにかく角田が来る前から、是非お菓子を奢《おご》らせて下さい、どうしても見てみたいんです、と酔っ払う客が来て、その相手でひと苦労した。

角田はまた赤ら顔で遅くにやってきて、そうなると丁々発止は素面のときより簡単だが、会話は堂々巡りを繰り返して面倒だった。が、それより、

「ぐぬぬ。また来るぞ」

「もう来ないでいいです」

「なんだ。辞めるのか」

「考え中」

「辞めるなら来ないが」

「うわあ。もの凄い二択」

　まるで盗聴器でも仕込んで聞いていたかのようなタイムリーさだった。これが国会議員というものの、どうでもいいが、〈資質〉なのかもしれない。

　角田を送り出すと、そろそろキャストがそれぞれ、着替えやら帰路やらアフターに流れる時間だった。

　接客の精神的疲労を抱え、バーカウンターに辿り着く。

　京香がグラスを拭いていた。

「今日はいつにも増して、大変だったみたいね。大丈夫？」

「大丈夫です。疲れましたけど」

　そう言うと、京香の目に光が宿った。

　キラキラと、ギラギラと。いや、その隙間か、狭間、何かの間《あわい》。

「じゃあ、また作ってあげようか？　オープンハート」

「ああ。そうですねえ」

　観月は天を振り仰いだ。

　目を細める。

　カウンター上の照明が、思う以上に眩しかった。

「ねえ」

京香の声が近く、低かった。

すぐ近くに寄ってきたのはわかっていた。

「疲れてるなら、私のオリジナルのやつよりさ、もっと元気になるカクテル、知ってるんだけど」

わかっている。京香とジュンナとの囁きに〈見た〉単語だ。

「高木さんのですか？　いえ」

観月は真正面に京香を見て、ゆっくりと首を横に振った。

――〈グレイト・リヴァー〉なら、もっと深い夢が見られるわよ。

一言一句まで正解かはわからないが、正確である必要もない。とにかく、京香はそんなことをジュンナに囁いた。

「私には必要ありません。それより、いつもの残りをください」

一瞬、京香の目に浮かぶものはなんだったろう。

逡巡、当惑、狼狽《ろうばい》。

観月には、よくわからない。理解も出来ない。

ただ、観月がオリジナル・カクテルを断れば、いつもと違った京香の反応が見られるのでは、とは思っていた。

それが一つ、観月の推論を補強する因子ではある。

「疲れには、心地よい疲れというのもあります。いえ、そうでなくとも、疲労は活力の裏返し。明日に向かうエネルギーは、疲労するからこそ生まれるもの。ニッケル水素やアルカリイオンなどの、メモリー効果の認められる二次電池を、終止電圧まで放電してから再充電することをリフレッシュと言います。言い得て妙だとは思いませんか。――私は、人の疲労も、同じ種類のものだと思います」

真っ直ぐに見る。真っ直ぐに話す。

今出来ることはそれしかない。

京香は目を伏せた。

「あなた、変わってるわね」

「そうですか？」

「そうよ。最初からそうだと思ってたもの。強くて、硬くて、真っ直ぐで」

「あとは偏屈で。無表情で」

「そうね。そうかも。アイス・ドールだものね」

「他所《よそ》では、アイス・クイーンと言われたりしていますが」

「ああ。そっちの方がふさわしいかも」

クルミ餅を三つカウンターに並べ、京香は頬杖を突いた。

「あなた、この商売には向かないわよ」

「あれ？　結構馴染んできたと思ってたんですけど」

京香の溜息、浅い笑いは自嘲というやつか。

「そうね。私が銀座の夜に毒されているのかも。本当は、あなたみたいな娘が向いてるのかもね」

「ご馳走様でした」

クルミ餅を平らげ、観月は京香に背を向けた。

二十六

その木曜日の朝もまた、けたたましいベルの音から始まった。

音からするに、最終兵器として購入した三つ目だということに疑いはない。

（あれだわよねぇ。松婆も竹婆も、同じようにああは言うけどさ）

前日は、普通に駒場キャンパスで学生生活を満喫した一日だった。

そうして、ドミトリーに戻って就寝し、朝を迎えた。

清々《すがすが》しいはずの朝に、三つ目の目覚ましがけたたましい。

（だから、この辺よねぇ。学校に行っても銀座に行っても、行き着くところは同じで、

このけたたましさってさ)

あんたの本分は学生であること、と竹子にも言われる。

だが、こうして目覚ましを聞いていると、前日はどこに行ったのか、どこから帰ってきたのかが曖昧だ。

本分は学生であることというより、学生はただの区分け、身分なのかもしれない。

なら一体、本分とはなんだろう。

などと、薄ぼんやり考えているうちに、次第に意識がハッキリしてゆく。

「うわ」

覚醒して、まず慌てる。

ベッドから跳ね起き、そのままのジャージ姿で食堂に走る。

鍋底アラートが鳴り響き、朝食終了時間までは待ったなしだ。

日常の朝。

本分とは、いかに変わらない日々を送る生活を持続することが出来るかと、それに尽きるのかもしれない。

時間が経った焼き鮭にカップの納豆、パックの味付け海苔、生卵、竹子自慢の沢庵漬けが載ったワンプレート。

それに、雑に出す飯と味噌汁と、竹子の仏頂面が加わったセット、ワンパックをじっくりと味わう。堪能するほどではないが、ゆっくりと変わらないことを確認する。それも味わいだ。

医学部志望の梨花がいて、他愛もない話をする。

梨花は巻き髪を触り、今日脱色して明日トリコロールカラーを入れる、とか宣言した。これは間近に迫った駒場祭仕様、ではなく、その直前に開催されるJサロン用らしい。

先に梨花が銀色のトレイを持って立ち、暖簾の下のカウンターで竹子に残した沢庵漬けをチェックされる。

これも日常のルーティン。セットされたワンパック。

いつも通りの朝を過ごし、部屋に戻る。

ベッドの脇に何故か転がっている携帯が、小さく点滅していた。

取り上げて確認すると、河東からの着信だった。伝言は特になかったが、礼儀としてこちらから一度は掛ける。

木曜なら河東は本郷キャンパスだ。一時限目に入っているはずの時間だったが、すぐに出た。

「あれ。いいんですか」

――大丈夫。

問い掛けと答えに絶対の繋がりはなく、河東の声は極小だった。

「電話、貰ったみたいですけど」

背後でマイクに乗った男性の声がした。難しい数式を並べ立てている。

──あれだよ。わたっ。わたたっ。

「一週間も経って、まだそんなこと言ってるんですか」

──わたたっ。だから、おわたっ。

「えっ」

一瞬わからなかったが、すぐに理解した。朝食は満タンだ。エンジンはすぐに掛かる。

「えっ。成分分析が終わったんですか！」

思わず声は大きくなった。

──ドキッ。

そうだよ、と言っているに違いない。

「今日は本郷ですよね」

──ドキドキッ。

「了解です。先週と同じ時間に同じ場所で」

それだけ伝えて通話を終えた。

顔を洗い身支度を整え、階下に降りる。

竹子の朝食はいつもの通りだが、この木曜も〈四海舗〉でデザートにありつくことになるとは思わなかった。少し、気分が浮く感じだ。

一階では朝食の後片付けを終えた竹子が、廊下にモップを掛けていた。

この日の観月は、黒いストレッチデニムのストレートパンツに、黒のスニーカー。白いTシャツに薄手のフライトジャケットといういつもの出で立ちだった。

童顔のショートボブは年齢不詳にして、梨花に言わせれば性別も不詳らしい。

――スタイルだけはモデル級だけどね。

これは、誉め言葉だという。

いずれにせよ、代わり映えのする服など自分では持ってはいない。逆に言えば、どこに行くにもほぼ〈一張羅〉に近い。

ただただ季節の移ろいに応じて生地が、寒ければ厚く暑ければ薄くなるだけだ。

「邪魔だよ」

竹子のモップで足先を突かれ、ドミトリーを出る。

この日はまず、駒場キャンパスに顔を出した。講義ではなく、学生会館の方に用事があった。

駒場祭に向けた、サークル代表会議がこの日の午前にセッティングされていた。

すぐに終わると思ったが、三日後に迫った本番に向け、熱の籠った会議になった。それで、本郷に向かうのは時間ギリギリになり、残念ながら〈四海舗〉は後回しになった。

少し遅れた本郷の総合図書館前では、河東がテラス席でまた煙草を吸っていた。

「なんでかなあ」

あまり近付きたい環境ではない。

成分分析の内容を聞いたら、すぐに離れよう。

そんなことを思いながら近づくと、河東の方が先に前のめりになった。

「ねえ、部長。――ドン、ドン」

煙草を空き缶で力強く揉み消し、珍しく真剣な表情だった。

河東は辺りを窺《うかが》うように目を動かし、声を低くした。

「これってさ、もしかしたらデザイナー・ドラッグじゃないのかい?」

「えっ」

低い声だったから聞き返したわけではない。内容があまりに異質だったからだ。

デザイナー・ドラッグとは、現存する薬物の分子構造を組み変えたり、同じ効能を目的として設計した新規向精神薬のことを指す。

この時代、広く知られている言葉で言えば、脱法ドラッグということになる。アメリカではまだリーガル・ハイとも呼ばれていた。

リーガル、この言葉の意味は〈合法〉だ。アメリカだけでなく欧州でも、デザイナー・ドラッグは〈合法の大麻〉などと呼ばれたりもした。

日本でも合法ドラッグと呼ばれた時代から、四年前に脱法ドラッグと呼称は変わったが世間に対し、限りなく危険だという趣旨の啓蒙《けいもう》はまだまだ不十分だった。脱法ドラッグに対する一般の認識は、ヘロインや覚せい剤ほどには浸透していないだろう。下手をしたら、大麻の方にまだ忌避《きひ》感があった時代だ。

「どうしてそう思うんですか？　その根拠は」

河東はガチャンと言いながら、パラソル下の簡易なテーブルを拳で叩いた。

「分子構造がね、カチノンによく似ているんだ」

「カチノン？」

「そうだよ。知らない？」

「すいません。不勉強です」

「カチノンっていうのはね」

熱帯高地に自生するカートという常緑樹に含まれる興奮性のアルカロイドがカチノン及びカチンだという。

「向精神薬に関する条約で、カチノンはスケジュールⅠに指定されている」

「スケジュールⅠ」

「知ってる？」

「はい」

向精神薬に関する条約は、観月の記憶野にあった。日本は一九九〇年にこの国際条約に批准している。

その条約におけるスケジュールⅠは四段階に分類されたスケジュールの中で、最も乱用の危険性が深刻なカテゴリーだ。

「なら結構。話を先に進めるよ」

河東は深く頷いた。

「これさ。液体、リキッドの分子構造がね、そのカチノンに酷似していた。ただね、酷似しているだけで同じじゃない。これはね、合成カチノンだと思う。いや、間違いなく合成カチノンだ」

話しているうちに、河東の唇に血の球が浮いた。乾いていたのだと思う。

それも気にならないくらい集中して、いや、緊張しているのかもしれない。それで流《りゅう》暢《ちょう》なのか。

話の内容は、試薬・薬物に精通した人間からすれば、それくらいリスキーなのだろう。

「ねえ、部長」

河東はテーブルの上に身を乗り出した。

「脱法ドラッグって言うくらいだ。今はすり抜けるだろうけど、これは早晩、違法になるよ。部長はどこでこんな物を。――いいや、こんな合成、初めて見た。これは、今までどこにもなかった代物だ。——部長、これは一体、どこで生成された物なんだい。中国？　うげっ。あわわっ」

バシュッ、と言って、河東は横を向いた。

自分で振っておいて聞きたくもあり、聞きたくもないのだろう。

真っ直ぐだ。微笑ましいほどに。

「大丈夫」

観月は、出来るだけ大きくやわらかな笑顔を〈作って〉見せた。せめて、頼んだことの闇深さに悩ませた、先輩のために——。

「大丈夫ですよ。先輩。悪いことに手を出しているわけじゃないから」

「えっ。ドドドッ」

擬音と共に河東が正面を向いた。

「先輩。あまり大きな声じゃ言えないんですが」

観月もわざと大げさに辺りを見回し、それから顔を寄せた。

「調べて欲しいって頼まれたんです。私の知り合いの、ちょっとした人から。——ううん。ちょっとじゃないか。大物です」

「えっ。ハテハテ」

河東は腕を組んだ。

「部長。それって、何者？」

国家公安委員長、と観月は囁いた。

「ウゲッ」

河東は仰け反り、そのまま固まった。

試薬・薬物に精通した人間には、国と法が擬人化したような肩書きをぶつける。

劇薬には劇薬、毒を以て毒を捻《ね》じ伏せる方式だ。

「こ、ここっか、ここここっか、ここここっか？　えっ、どこ？」

ハーフパッドを預けたときと同じような反応に、観月は席を立って一礼した。

「とにかく、有り難うございました」

背を向ける。歩き出す。

背後で河東が何かを言っていたかもしれないが、耳には入らなかった。

怒りの感情が沸々としていた。

喜怒哀楽の、喜と哀にはバイアスが掛かっているが、怒りはバイアスを突き破る。

「脱法ドラッグって何よ。デザイナー・ドラッグって、合法の大麻って何よ。大麻って結局」

ゲートウェイ・ドラッグじゃない、と観月は一人、図書館通りに言葉を吐き捨てた。

ゲートウェイ・ドラッグとは、ドラッグへの入り口、つまりは、薬物依存への入り口という意味だ。
京香は、何に手を出した。シェイカーで振るのは、合成カチノンと何。
ちょっとやるせない。
〈四海舗〉への道が近かった。気付けば目の前に古びた佇まいの洋館があった。
松子に会う。
条頭を注文する前に、堰《せき》を切ったように言葉が出た。初めてのことだ。
リーガル・ハイ。
夢を結ぶ、魔法のクスリ。
禁断の夢、黒魔術。
「ふうん」
松子は黙って、観月から溢れ出るような話を聞いてくれた。
それから条頭を五皿と、桂花茶を出してくれた。
条頭の甘さで、少し落ち着いた。
桂花茶の温かさがじんわりと染みた。
それでもう、いつもの観月だった。
「なんにしてもさ、松婆」

「店長とお呼び」

「店長」

「なんだい」

「今日までにする。今日で終わり」

「ふうん。そりゃいいことだと思うけど」

「けど、何？」

「また仏滅さね」

「ああ。そうなんだ。——ねえ、松婆」

「店長だよ。何回言ったらわかるかね」

「店長」

「なんだい」

「店長さ。本当にそれ、信じてる？」

「信じる？　さあね」

松子は、空になった条頭の皿を重ねて平盆に載せた。

「六曜より、あたしゃ、どっちかって言うと八卦見だからね。当たるも八卦、当たらぬも八卦ってね。八卦見ってのは、元来、不信心なものさね」

松子は言いながら、店の中へ入っていった。

観月は頭を掻き、蒼空を見上げた。

当たるも八卦当たらぬも八卦、人間万事塞翁《さいおう》が馬、禍福は糾《あざな》える縄の如《ごと》し。

「結局、先のことはわからないってことね」

行く綿雲の欠片が、観月の直上で溶けるように儚く消えた。

余話 I

高木明良こと、高明良《こうめいりよう》は一九五三年八月、北京《ペキン》で生まれた。

第一次日中民間貿易協定調印の後のことだった。

母親は、友好商社として訪中した日本人に応対するために、中国側の通訳として雇われた、高香月《かげつ》という女性だった。

父のことは、よくわからない。幼い頃から祖父母も母も、父のことは聞いても話してくれなかったように思う。それでいつしか、聞かないのが当たり前になった。

母は、かつて満鉄《まんてつ》に勤めていた女で、その関係で日本語が流暢だったらしい。

母の本当の肉親は満州《まんしゅう》を舞台にした戦乱のどさくさで亡くなり、途方に暮れていたところを助けてくれたのが、その後の養父母となる高という老夫婦だったという。

少なくとも、祖父母や母から、明良はそう聞いていた。

だが明良が子供の頃は、周囲の口さがない連中に、

――お前の母ちゃんは日本人かもって、うちの父ちゃんが言ってたぞ。

――そう。うちの母ちゃんもだ。

――なんだか、父ちゃんも日本人だって？

――なんだ、お前。日本人か。

などとからかわれては、よく喧嘩になっていた。

――馬鹿にすんじゃねえ。俺の母ちゃんは中国人だ。だから俺も、父ちゃんなんかいなくたってな、れっきとした中国人だっ。

この頃の明良は頭に血が上るとすぐに見境がなくなり、良くも悪くも、腕力に訴える質《たち》だった。

母にそんな喧嘩の原因を伝えると、必ず寂しそうな顔で笑ったものだ。

母はとにかく、仕事の人だった。

きちんとした日本語の通訳は希少で、この頃の母は、引く手あまただったらしい。

日中相互の見本市として、この後まず五五年に東京晴海と大阪で開催された中国展には百九十万人もの人が来場したようだ。翌年には、今度は同規模の見本市が北京や上海で開催された。

北京でも上海でも、この見本市の特需でさらに通訳の仕事は引きも切らなかったよう

だ。

母が家に帰らない日も多かったようで、明良の幼い記憶の中にも、寂しさを口にしながら祖父母の間で眠ることは何度もあり、また鮮明だった。

だが、そんな忙しさも、日中の関係に翻弄《ほんろう》されるようにして、この後はそう長くは続かなかった。

中国共産党を敵視する岸《きし》内閣の成立、長崎国旗事件などの結果、中国は暫くの間、日本との一切の交流を中断することになったのだ。

日本語通訳の仕事を失った母は北京を離れ、このとき工業都市として発展めざましい上海に職を求めた。

見本市の仕事で往来し、上海という街にすでに馴染みもあったのはもちろん、この頃には、母のことも明良のことも大事にしてくれた祖父母はすでに亡く、北京に思い残すことはなかった、ということもあっただろうと思う。

工場での仕事は大変だったようだが、明良にとっては、必ず毎日、母が家に帰ってくるのが嬉しかった、というのも事実だった。

けれど、懸命に働き、明良を育ててくれたこの母も、六七年、〈下から上への奪権〉をスローガンとするプロレタリア革命運動、一月革命に巻き込まれて命を落とした。

明良が天涯孤独になったのは、十三歳のときだった。

狭い部屋のささやかな生活の中に、母の遺品は本当にわずかなものだった。かえってほんの少しだったから、見つけやすかったかもしれない。

明良はその遺品の中に、月と星のブレスレットと小さな書き付けを見つけた。日本語のラブレターだった。父の書いたものに違いなかった。

小さい頃から母に教え込まれ、明良は日本語の読み書きが出来た。

会社の封筒に入れられ、会社の便せんに書かれ、名刺が添えられていた。

必ず戻る。一緒になろう。愛している。

思えば、母がいつも大事そうに胸に抱えていた物だった。

聞けば必ず、お守りだと言っていた。

「お、俺は――」

母の死に、明良はこの手紙を握り締め、ただ悄然《しょうぜん》とした。

だが、中国に寄せる時代の潮流は、十三歳の少年を立ち止まったままにするほど生易《なまやさ》しい波ではなかった。

一人で生きていかなければならない子供の生活は、必然として低きに流れる汚水のようなものだ。

為《な》す術《すべ》もなく、途方に暮れていた明良はそのまま、上海黒社会の闇の中に落ちた。盗みも喧嘩も強請《ゆす》り・たかりも、なんでもやった。

なんでもやらなければ生きていけなかったし、何かをしていれば母を失った寂しさを忘れられた。

やがて、そんな明良に手を差し伸べてくれたのが、上海黒社会で生きる郭夫生《かくふせい》という青幇《チンパン》の生き残りだった。そのグループに拾われた。

母のお陰で習い覚えた、ネイティブに近い日本語という特技が買われたらしかった。五二年に調印された日本との民間貿易協定のルートを辿り、特に五七年の広州《こうしゅう》交易会以降は、上海には五条源太郎《ごじょうげんたろう》率いる竜神会《りゅうじんかい》というジャパニーズ・ヤクザが幅を利かせていた。

会長の五条源太郎が満州生まれということで、中国語が堪能らしかった。

全体、商売は竜神会というより、この五条源太郎の言語能力を頼りに始まったもののようだ。

が、日本国内で竜神会が勢力を拡大するにつれ、当然ながら、大親分である本人自身が上海にやって来る回数は、次第に少なくなっていったらしい。

明良が郭夫生のグループに拾われたのは、そんな頃だった。

竜神会側の窓口が、源太郎に比べればお粗末なほど中国語に堪能ではなく、同時に、日本語が出来る者もまだ、この時代の上海黒社会には圧倒的に不足していた。

明良は郭夫生のグループと竜神会の間に立って、そう、上手くやった。

そのうち、一度だけだが竜神会から会長の五条源太郎その人が上海にやってきた。

偶々だろうが、明良はこの大親分とマンツーマンで飯を食う機会を得た。

と言って、日本語が出来るだけで教養もない、上海黒社会の底辺を這《は》いずり回ってきた明良に、大して話すことなどなかった。

必然として、さして面白くもない、自分の生い立ちの話になった。

「ふうん」

飯を食いながら源太郎はやはり面白くもなさそうだったが、止めようとすると、

「続けろよ」

と言って明良に話を促した。

長い話にはならなかったが、飯の時間は埋まったようだ。

別れ際に源太郎は、

「なあ、日本に来ることがあったら、言えよ。悪いようにはしねえよ」

そんなことを言ってくれた。

ジャパニーズ・ヤクザの言葉を鵜呑《うの》みにするわけではないが、気には留めておいた。

やがて、七二年、〈日本国政府と中華人民共和国政府の共同声明〉いわゆる日中共同声明の調印により、両国の正式な国交が成立した。

これにより上海ではこの時期、〈海外を目指すなら渡日〉が一種のブームのようでもあっ

た。

　実際、この後の二十年で、日本へ移住する中国人は四倍以上に増加する。

　七三年には、グループのボス・郭夫生の朋友で、郭に実子英林《えいりん》を養子に出していた魏《ぎ》大力《だいりき》というマフィアの養子・老五《ろうご》が自らの意志で日本行きを決断した。

　ややこしいが、このとき、中国は厳しい出産の人数制限に入ったばかりだった。魏大力は義によって老五を養子にせざるを得ず、この人数制限によって、弾き出されるように実子英林を、引き受けてくれるという郭夫生に預けるしかなかったようだ。

　郭夫生の家で、泣いていた英林を明良はよく見掛けた。その都度声を掛けては、何度かは一緒に遊んでやったこともある。

　明良にとっては優しさというか、遠い日に自分も感じたことのある〈寂しさ〉という感情に対する共鳴、懐かしさ、そんなものだったろうか。

　英林の涙に感情は動くが、自身の涙というものはすでに涸《か》れ果てていた。

　いずれにせよ、この後、魏老五は本人の希望通り、海を渡る。

　魏大力に頼まれ、老五の渡日の手続きの一切を請け負ったのは、ちょうど商談で上海を訪れていた竜神会の男だった。

　その男に、

「そや。会長からの伝言や。あんたも、日本に来んか。そっちにおっても、燻《くすぶ》るだけちゃうか、やて」

商談の通訳をしていた明良は、そんなことを言われた。

まさにこのときの明良は、当たらずとも遠からずといった状況だった。

この頃までには上海の黒社会にも、日本語をビジネスレベルで扱う中国人がずいぶん増えていた。そういう奴に限って、大卒だったりした。

十三歳で黒社会の底辺に潜り込んだ明良とは色々、なんというか、頭の出来が違うようだ。

通訳という商売も上海という土地も、明良にとって息苦しくなり始めていたのは間違いなかった。

七五年、意を決して、高明良は海を渡った。

それまで明良は郭グループと竜神会の間に立って、まあ、上手くやっていた。それなりの蓄えもあった。

大阪に来いと源太郎には言われたが、最初から向かう地は東京と決めていた。

会社と住所。

その、存在と現在。

竜神会との通訳をしながら、それとなく聞き知ったことがあった。

母が大事にしていたお守りに記された会社は、たしかに、第一次日中民間貿易協定調印の後、輸出丙類に当たる化学肥料の友好商社として北京を訪れていた会社だった。

何がしたいわけではなかったが、けじめとして、おそらくそこに一度は会っておきたい男が居るはずだった。

すなわち、血の繋がった父だ。

滞在するホテルを決め、すぐに探し始めた。

簡単にわかった。

簡単に、全部わかった。

結婚していることも、一男一女がいることも。

近く、会社で海外特販部の部長に昇進することも。

呼び出した。

脅したら出てきた。

まず、腕に巻いていた月と星のブレスレットを突き出すようにして見せた。

「なんだ」

父は怪訝な顔をした。

何も知らないようだった。だから、ブレスレットについてはそれだけにした。

それから、母がお守りにしていた封筒一式を渡した。

ふん、と父は鼻で笑った。

「お前が、薫子《かおるこ》の息子。俺の息子だと。証拠は、この紙切れだけか」

母との思い出ごとお守りは握り潰され、Ｚｉｐｐｏで火を付けられた。

「ふざけるな。うせろ」

母の思い出が燃え、そのささやかな炎を見詰めるうち、明良の中にも、久し振りに燃え上がるような炎の感覚があった。

「手前っ」

ふざけているのはどっちだと言った後、我を忘れた。

「誰が沖田薫子だ。どこの女だ、そりゃぁよっ。俺の母は、高香月だぜぇっ」

気が付いたとき、父はもう動かない物体だった。

父を殴り殺した後、明良はホテルに戻って震えた。

ただそれは、警察機構に対する怖さでも、父を殺してしまった後悔でもなく、突き詰めればつまり震えは、そこまでしても収まりきらない怒りだった。

すぐにドアがノックされた。

別に緊張はなかった。

出来ることをする。

そうすれば、すべてはなるようになる。

そうやって、上海のドブ泥の中で生きてきた。

ドアを開けると、

「よう」

なんとも、意表を突かれた感じだった。

立っていたのは、何人かを引き連れた五条源太郎だった。

「なんや。随分とまた、安っちいとこに泊まっとんのやな」

ついて来いと言われた。

有無をいう暇のない一連だった。

何か狐《きつね》につままれた気分で、源太郎の部下に両脇を抱えられるようにして外に連れ出された。

黒塗りの乗用車が二台停まっていて、そのうちの一台に放り込まれた。もう一台に源太郎が乗っていた。

明良が泊まったホテルは神田《かんだ》というところにあった。

車はさほど長い時間は走らなかった。どちらかと言えば、拍子抜けするくらいすぐ停車した。

降ろされ、連れて行かれたのが、〈Ｂａｒ　グレイト・リヴァー〉の場所だった。

「突貫やったけどな。ええ出来上がりや」

三階建て地下一階の、真新しいビルの前で源太郎は莞爾《かんじ》として笑った。

後にも先にも、源太郎のそんな笑顔を見たのはこの一回きりだった。

「なあ。お前、バーテンの真似事出来たよなあ」

頷いた。

上海では、ボスの郭夫生が無類のカクテル好きだった。外灘《ワイタン》でよく嗜《たしな》んだものだ。明良も郭夫生に命じられて、ひと通りを覚えさせられた。

「あれや。お前、うちとあっちの間で、ちょいちょい抜いとったやろ」

後にも先にもこの言葉だけは、一瞬だが肝が冷えた。

何かのペナルティが加えられるものと思ったが、まあいい、とすぐに源太郎は笑って手を振った。

「郭んとこだってな、馬鹿ばっかやないで。バレるんは時間の問題や。ま、そんなこんなですぐには帰られんやろし。ここで日本人として、あくせく表の仕事しよったらええ。そんで上海の男として、裏の仕事もしよったらええ」

そんなことを言われた。

源太郎が声を掛けると、配下がすぐに何かを持ってきた。

高木明良という男の戸籍と、その男の名で高明良の顔写真が入った免許証だった。

「偽物だが、本物だぜ」

配下の男は、そんなことを言った。

郷に入っては郷に従え、だ。明良に逆らう気は微塵もなかった。

「よくわからねえが、組長はあんたのことをずいぶん信頼してるみてえだ。馬鹿儲《もう》けはさせられねえが、食える程度には仕事は作る。それと、警察やこっちのクソヤクザには、あんたに手出しはさせねえからよ」

これも、先の配下の男が言った言葉だ。

それからはバーテンをしながら、コカインや覚せい剤の仲介をすることになった。正確には、仲介のための場所を提供することが、明良と〈Bar グレイト・リヴァー〉に与えられた役割だった。

ちなみにこの〈グレイト・リヴァー〉は、明良による命名だ。

「これも、運命かよ」

好むと好まざるとに拠らず、高明良はこの日を境に、高木明良という、日本人バーテンダーとして生まれ変わった。

余話 Ⅱ

〈Bar グレイト・リヴァー〉は銀座裏の隠れ家として、それなりに人の出入りのある店だった。

そのうち、一人の男が単独で、ふらりと店に現れた。

いつも源太郎が引き連れていた中にいた一人だった。

なかなか突出して、ぎらついた目をした男だという印象があった。

「もう、日本に慣れたかい」

強い力の声だった。〈どす〉が利いている、というやつだ。

そんなことがわかるくらい、明良も日本に馴染んだ、と思う。

「ええ」

「日本人は好きかい」

「えっ。ああ。いえ、どっちでも」

「まあ、そうだろうなぁ。あっちで色々、あったみてえだからよ」

明良は口をつぐんだ。バーテンダーの顔になった。

男が何を言おうとしているのか、何しに来たのか、皆目見当もつかなかった。

「なあ、シンガポール・スリングって言ったかな。作ったれや」

言われるままに、作って出した。

「ああ。旨《うめ》えなあ。甥《おい》っ子の作る酒ぁ、旨えや」

男は、そう言った。

なんです？

思わず声になった。聞かずにはいられなかった。

「俺ぁ、沖田剛毅《ごうき》。お前の母ちゃんはな、俺の姉ちゃんだわ」

沖田、沖田。

たしかに、たしかに。

封印してきた記憶が蘇る。

——お前が、沖田薫子の、俺の息子だと。

明良が殴り殺した商社の日本人が、そんなことを言っていた。

——ふざけるな。うせろ。

高香月。

沖田薫子。

「えっ。あの」

理解が追い付かなかった。

「もう一杯、作ったれや」

剛毅はそう言った。

以下は、シンガポール・スリングを舐めながら剛毅が語った、明良の母、沖田薫子の話だ。

姉ちゃんな、俺より七つ上だったか。だから、大正十二年の生まれか。大阪のどぶ板長屋だったがよ。結構楽しかったんだぜ。源太郎の両親も、同じ長屋に住んでてよ。俺も姉ちゃんも、ときどき飴《あめ》ちゃん貰ったりしてな。気前はずいぶん、昔からよかったな。

そんでも、俺らぁ地道に大阪で生きたが、源太郎の両親は唆《そその》かすのがいて、満州に渡ってよ。

羽振りは良かったんだろうな。満州は宝島やぁなんて言ってるって、うちの親父が話してるのを聞いたことがある。そのうちには、向こうで子供が生まれたっても聞いたな。

それが源太郎だぁな。

夫婦はよ、よっぽど忙しかったんだろうな。源太郎の面倒見る子守りを欲しがってよ。白羽の矢が立ったのが、うちの姉ちゃんだ。それがいつだ？　そう。姉ちゃんが十五のときだった。就職も決まってたみてぇだが、向こうの方がはるかに給金がいいって言ってたな。

そんで、向こうに渡ってすぐよ、姉ちゃんがお揃いだねってよ。俺らにも送ってくれたんが、それ、今お前がしてるブレスレットだ。懐かしいぜ。その色、その形。俺ぁ血みどろん中ですぐに無くしちまったが。大切にしようとは思ったんだぜ。嘘じゃねえよ。

それから、源太郎が七歳になってからぁ、姉ちゃんは紹介されて満鉄に勤めたって話だ。向こうの日本軍に恋人がいるって、そんな手紙に親父やお袋が、目ぇ白黒させてたのが面白くってよ。今も覚えてらぁ。

ただよ、満州もよかったってなぁ、このくれぇまでだ。お前も向こうにいたんだ。知ってんだろ。戦争になって、その動乱で恋人とも離れ離れんなっちまって。この恋人ってのとよ、源太郎は顔見知りでよ。向こうも忙しかったろうが、軍の伝手を使って色々聞き回ってくれたらしい。けどよ、どうやら動乱のどさくさで姉ちゃんは内地に深入りしすぎて、引き揚げ船に乗る切っ掛けを失っちまったみてぇでな。

その後ぁ、さっぱりだ。生きているやらいねえやら。俺ぁ、引き上げてきた源太郎に頭下げられてよ。歳下の野郎に頭下げられたってお前《め》ぇ、俺も空意地張って見せるしか出来ねえ人間に育っちまってたしよ。

ふっふっ。面白《おもしれ》えよなあ。そんで源太郎とよ、意気投合して今に至るだ。んでよ、後はお前ぇも知る通りだ。

あるとき、上海帰りの源太郎が、俺の前にふらっと立ってよ。見つけたってよ。何がって聞いたら、薫子の忘れ形見だってよ。生きてたんだってよ。

泣けたよなあ。後にも先にも、俺が泣けたなあ、あんときが一番だぜ。

そっから、源太郎と急いでここを見繕って、大急ぎで店作ってよ。——どうでぇ。いい店だろ。場所と言い、雰囲気と言い、俺も源太郎も気に入ってんだ。

竜神会と沖田組のお墨付きだぜ。

自慢の店だからよ。お前ぇは、なんにも心配しねえで、ここにいりゃいいんだ。

今まで、辛かっただろうけどよ。こっからぁもう、辛《つれ》ぇことなんかなんにもねえぜ。

ここぁ、お前ぇの城だ。俺と源太郎が守る、お前ぇの城だ。好きに使えや。

姉ちゃん孝行、出来なかったからよ。

へへっ。これぁ俺の、せめてもだぁな。


話を聞きながら、グラスを拭きながら、明良は涙を禁じ得なかった。

思い返されることが、たくさんあった。

子供の頃の喧嘩の後、原因を伝えると母は寂しそうに笑った。明良の乱暴を悲しんだものだとそのときは思ったものだが、違ったのかもしれない。

国に忠誠を誓わなければ生きていけない時代だった。あの寂しげな笑顔は、二度と帰郷出来ないと決めた母の、心から滲む哀愁だったのかもしれない。

なんと言っても息子である明良は、中国生まれ中国育ちで、日本を毛嫌いしこそすれ、好きになるような教育は出来なかった。まかり間違って日本に興味を持つふうにでも思われたら、明良は子供の喧嘩どころではなく、大人たちからも寄って集《たか》って袋叩きに遭ったことだろう。

母はそれを口に出来ず、口に出来ない祖国を思って、寂しく笑ったのかもしれない。

そう思えば、自分の父親についても納得出来る。

会ってみれば、クズのような人間だった。あの母がどうしてと思うような腐った男だった。

恐らく母は、いずれ父が中国に来ることは無くなると感じつつ、その姿に、いや、もしかしたら父本人すらどうでもよく、その文字に、日本の会社の封筒に、便せんに、故郷の香りを嗅いだのかもしれない。

母はやはり、日本人だったのだ。

そんなことを、剛毅に話した。

剛毅は下を向き、肩を震わせ、シンガポール・スリングをもう一杯注文した。

作って出せば、もう剛毅は剛毅に戻っていた。

「日本人だぁ？　当ったり前ぇだぁ。お前ぇの母ちゃんは沖田薫子。俺の姉ちゃんだ。こてこての浪速《なにわ》っ子でよ。んで、お前ぇも日本人だぜ。俺の甥っ子だぁ。――ここにいろよ。ずっとな。白髪んなるまでよ。ずっとよ」

「いいん、でしょうか」

「いいも何も、――そうしろよ。お前ぇよ」

はい、と答えることしか明良には出来なかった。

実際にはこの日が晴れて、高木明良の本当のスタートになった。

バーテンダーとしても、ヤクの売買を繋ぐ仲介場所の差配としても、それなりに上手くやれたという自負はあった。

一年も過ぎると、源太郎が口にしたように上海では、明良が〈ちょいちょい抜いていた〉ことが発覚して揉めたようだが、竜神会の庇護《ひご》もあって、明良が命を狙われるなどという事態には発展しなかった。

後で聞けば、向こうでも〈泣き虫英林〉が、父親の魏大力と一緒に明良の処遇に口を添えてくれたようだ。

そんなこともあり、十年もしないうちに逆に上海とは強いパイプが出来た。向こうでエリートとして一人前になりつつあった郭英林が、竜神会を通じて明良に連絡を入れてきた。

よくはわからないし知ろうとも思わないが、郭英林は上野に落ち着いた魏老五の動向を秘かに知りたがった。それだけでいい報酬を約束してくれた。

郭英林は、明良にとって朋友も等しかった。

その名を出せば、堂々と上海に行くことも出来るようになった。

もちろん、高明良という中国人ではなく、パスポートは竜神会の息の掛かった日本人、高木明良のものだが――。

上海に行けば、いつも出迎えてくれる郭英林とよく呑んだ。仕事も手伝った。

英林は裏のマーケットで〈黒孩子《ヘイハイツ》（闇っ子）〉を何人も買い、飼っていた。

明良は頼まれ、そのうちの何人かに日本語を教えたりもした。いずれ日本に送られる英林の手駒、ということだったろう。

そんな中でも、犬々《けんけん》と呼ばれた男は、覚えもよかったし機転も利く奴だった。そんなことが記憶に残っていた。

明良も上海に行ったが、上海黒社会の連中も郭英林を筆頭に日本に、銀座にやってきた。

明良の店でカクテルを呑むこともあれば、〈商談〉をしていったこともある。

そもそも竜神会系沖田組と、郭英林のグループは、五二年の日中民間貿易協定以降、商売上のいい関係を続けていた。

銀座裏に腰を落ち着けた明良は、バーテンダーとしても、それなりの地位を得た。外灘仕込みの腕は、通人の間で口伝《くちづ》てに囁かれるほどには評価された。

その評判を知って訪ねてくる若者を、アルバイトとして弟子に取り始めたのはどうだろう。九三年くらいだったか。

懇切丁寧とはいかないまでも、出来る限りのことは教えよう、そんな気概に燃えた覚えはあった。

野心のある者、才能のある者はひと通りを覚えると、早々に独り立ちしていった。

そして——。

たいがいが潰れた。

バーテンダー一本で生きていくには、この時代のこの日本は、難しい場所だった。

そのことは、〈訪日〉して二十八年も過ぎれば、明良も嫌というほど身に染みていた。

そうして二十九年目、去年のことだった。

久し振りに、沖田剛毅が一人で店に姿を現した。

「よう」

上げる腕が錯覚ではなく、やけに細く見えた。

「あれをよ、作ってくれや」

少し痰《たん》絡みの声でそう言った。

また、シンガポール・スリングを呑んだ。

「ああ。旨えなあ。甥っ子の作る酒ぁ、旨えや」

また、そう言った。久し振りに聞いた。

「もう一杯、作ったれや」

剛毅はそうも言った。まるでデジャヴュだった。

二杯目を作って出すと、剛毅はグラスを口から迎えた。

「お前ぇももう、五十だなあ」

しみじみと言われた。言われてみて、初めてわかった。

沖田剛毅という人間が、はっきりと老いていた。その分、自分も歳を重ねていた。

「ええ。そうですね」

「俺ぁよ。じきに七十四になる。大阪の源太郎だってよ、五歳下ってこたぁ六十九だ」

どっちももう、七十だぜ、と言ってカクテルを舐めた。

「俺の目の黒いうちはってな、言ってもよ。いつヨイヨイになるかわからねえ。大阪の源太郎だって同じだ。こっちに何かあったって、昔ほど素軽く動けやしねえ。新幹線だって飛行機だって、ドンドン速くなってるってのによ。――だからよ。もういいぜ」

この辺で手打ちにしてやらあ、と剛毅は言って、グラスを空けた。

空けて、寂しく笑った。

「いや、俺の方がしてもらうってか。ふっふっ。姉ちゃんには、なんにもしてやれなかった。その分と思ったがよ。お前ぇにもなぁんにもしてやれなかった。結局、いいように使っちまっただけになった。――だからよ。もういいぜ。勝手に、どこにでも行っちまえよ。そんで」

好きなことしろよ、とそれが明良が聞いた、叔父の最後の言葉だった。

誰もいなくなった店で、掃除をして、もう一度剛毅の言葉を噛み締めて、そこで初めて解放されたという実感を得た。

死ぬときは上海で、猛烈に思った。高明良として死にたい。

――お前ぇも日本人だぜ。俺の甥っ子だぁ。

剛毅はそう言ってくれたが、実感はなかった。

実感はなく、かえって喪失感が募った。

それで思った。

自分はやはり日本人ではなく、中国人だと。

誰にも言ったことはないが、明良が命名した〈Bar　グレイト・リヴァー〉とはアジアの大河、長江《ちょうこう》のイメージだ。

だが、帰るにも先立つものが必要だ、と考えているところに、ひょこりと顔を出したのが、上海で日本語を教えた犬々だった。

このときは、一端《いっぱし》の日本人面《づら》をして、赤城《あかぎ》一誠《いっせい》と名乗っていた。

「へっへっ。俺ぁ一旦お役御免でよ。これから上海へ飛ぶところだが」

昔よりはるかに流暢な日本語だった。

「これ、ボスがあんたに渡せってて。〈試供品〉だってよ。あんたなら上手く使うかなって言ってた」

そうして、小さな段ボール箱一杯の、透明なリキッドタイプの、新型ゲートウェイ・ドラッグを置いて行った。

これが、四月のことだった。

一人の店でそれを眺めているうちに、次第に黒い炎が燃え始めた。

昔の上海を思い出した。

ドブ泥の中を這いずり回っていた頃の自分、盗みも喧嘩も強請り・たかりも、なんでもやったあの頃だ。

何も知らず、ただ中国人、高明良だった頃。

我を忘れるには、十分な燃え上がりだった。

それで、弟子連中に声を掛けた。

金で困っている連中にだ。

ゲートウェイを撒《ま》かないか。

後のことは、私が引き受けよう。儲けは全部折半だ。

乗ってきた者に〈試供品〉を分けた。人数はそう多くなかったが、全員が、夜の店に併設のカウンターバーでくすぶっている者たちだった。

そこで標的は、主に夜のホステスたちになった。

〈試供品〉をゲートウェイにして、そこから〈門を開けようとする〉可能性のある者には、〈Ｂａｒ　グレイト・リヴァー〉を紹介させた。

本当にやってきた者は、明良がカウンター越しに吟味した。

二十九年は伊達《だて》ではない。クスリに手を出す人間かどうかは、すぐにわかった。

そういう連中にクスリを売る。

ここから先が、実は本当の〈商売〉だった。

手元に、〈ちょいちょい抜いた〉コカインや覚せい剤があった。

それを売り、嵌まってカネが足りなくなった女たちは、過激な店への移籍やソープでカネを作らせた。

女たちは身体を売ることになるかもしれないが、それで欲するものを得られるようになる。

明良や弟子たちは、それで思うところを目指す資金を得る。

五分五分だ。

どこが悪い。

この一連で、不幸せになるものは誰もいない。

高木明良は、いや、高明良は、そう確信していた。

二十七

この日はまだ上弦の月には満たない夜で、白昼に上り始めた月は〈最終電車〉すら待つことなく、早々に西の端に消えていた。

空に月なき晩、ということになる。風もない。

観月は、昼間のままの出で立ちで銀座の夜に立った。

と言って、この夜は〈蝶天〉に行くわけではない。夜の十時半過ぎは、たとえ同伴であっても出勤には遅すぎる時間だ。

銀座線を降り、帰路に就こうとする足早な人の流れに逆らうようにして並木通りを歩き、観月は花椿通りに足を踏み入れた。

〈蝶天〉に出勤した夜のいつもの帰り道、同じルートではある。

前方に〈ラグジュアリー・ローズ〉のドアマンたちが見えた。時間的にまだ呼び込みや、声掛けに忙しそうだった。ちょうど、車で乗り付けた入店客の案内もあったようだ。

観月がエントランス近くにまで寄っても、まだこちらに気付いた様子は誰にもなかった。

職務に集中しているという意味で言えば、それはそれでプロということなのだろう。

「ふうん」

ふと立ち止まったとき、観月の左手はJTのスモーキングスタンドがある、見知ったいつもの喫煙スペースだった。

煙草を暇そうに吸っている人は誰もいなかった。

〈ラグジュアリー・ローズ〉のドアマンたち同様、閉店前の最後の集客を行っているのだろう。

ただ、プラカードを掲げ、その裏に隠れるようにして、パイプ椅子に座る男が一人だけいた。

そういう商売があることは観月もわかっていた。

ターミナルの駅前、繁華街の入り口辺りでよく見かける〈広告マン〉だ。正式な職業名は知らない。

「あの」

観月は近寄り、声を掛けてみた。

「〈ラグジュアリー・ローズ〉のママ。今日は出てますかね」

「――なんで、あたしに聞くのかね」

「なんでって、よくお見掛けしますし」

プラカードを右に傾け、男がパイプ椅子から顔を上げた。

身長は一六〇センチまでもないだろう。角刈りの下の丸顔は浅黒く、全体的に寂しいほど細い男だった。目も細い。日中にそこにいても、声を掛けなければ起きているのかどうかの判断は難しいかもしれない。

〈広告マン〉は、そんな男だった。観月は姿というより、気配で男を捉えていた。細く弱く、消え入りそうなほどの気配でしっかり〈そこ〉にいるという不思議が興味深く、それでかえって観月は男を認識していた。

おそらく、なんらかの鍛錬で〈達した〉領域にある者たちにしか、この不思議は理解出来ないだろう。

「へえ。あんた、只者じゃないね」

男の細い目が、ちょうどこの日の月のようなカーブを描く。

「ま、只者じゃないのは、この前の大立ち回りのときからわかってたけどね」

「そうですか。ああ。ここにいらっしゃいましたもんね」

「わかってたってのかい」

「ええ。いらっしゃることは」

観月は小さく頷いた。

「それで、私が匿《かくま》ってもらった後でここを通り掛かったとき、ママに反応して首を竦めましたよね。だから、お知り合いなんじゃないかと思いまして」

「首を竦めた?」

男はふんと鼻を鳴らした。

「とんだことを言うねえ。あれは、挨拶に頭を下げたのさ」

「あ、失礼しました。でも、じゃあ、やっぱりお知り合いですよね」

「それは、さぁて。――ほいほいの、ほい」

男はジャンケンをするように、浅黒く小さな右手を出した。手のひらを上に向けたパーだった。

「なんでしょうか?」

小首を傾げ、観月は聞いた。

「ほいほい。どんな情報にもさ、対価は必要だよ。情報はあたしの、売り物だからさ」

「ああ。なるほど」

納得はした。だが男はすぐに、でもねぇ、と言って、パーに開いた手をグーに握った。

とても小さなグーだった。

「でもさ、こないだ、凄いものを見せてもらったからねえ。あれも対価の一種だねえ。だから、今回は要らないよ」

男は顔を斜め上に差し上げた。〈ラグジュアリー・ローズ〉の方向だ。

観月も釣られるように上を見上げる。

「美加絵さんなら、あんたが言う通りさ。お店にいるよ。出てきてないからねえ」

「そうですか。有り難うございます」

顔を下げ、男に目を向けると、もう〈広告マン〉はプラカードの裏に戻り、ひっそりとしていた。

一旦並木通りに戻り、クラフトショップで時間を潰す。銀座には深夜まで営業の店が多い。店によっては深夜の方が繁盛するところもある。

ドアマンたちが手隙になる頃合いを見計らって花椿通りに戻り、観月は〈ラグジュアリー・ローズ〉前のエントランスに向かった。

「よう。コーチ」

「今日はどうしたぁ」

声を掛ける前に声を掛けられる。

自分も随分、銀座という街に馴染んだものだ。

梨花や真紀に言ったら驚かれるだろうか。

自分も随分、銀座のヤクザに馴染んだものだ。

和歌山の両親に言ったら、間違いなく卒倒するだろう。

「またママにご挨拶で、上がってもいいですか」

入店の許可を願う。

ヤクザに開放された土曜日がOKだったのだ。平日の同時刻に問題があろうはずもなく、これは即答で許可された。

最上階まで上がって店長室に一時間ほど滞在し、観月は一階に降りた。

ドアマンたちはもう、閉店作業の時間になっていた。

「おっ。用事は済んだかい？」

「はい。ここでの用事は」

「そうかい」

また来いよ、の声に送られ、喫煙スペースに足を踏み入れる。

この日はもう、〈広告マン〉の姿は見えなかった。代わりに、この日の仕事を終えた者たちが何人か寄り集い、煙草を吸っていた。

「がぁさん、ね」

観月は、美加絵が教えてくれた〈広告マン〉の呼び名を呟いた。

〈広告マン〉は本名を鴨下玄太《かもしたげんた》という、プラカード持ちを生業《なりわい》とする男だった。親しみを込め、美加絵はがぁさんと呼んでいるらしい。情報屋でもある、と聞いた。

――でもこれは、あなたは知らなくていい話。昼と夜の境目で生きる者たちの話。

銀座とは色々な人間に出会える、やはり不思議な街だ。

喫煙スペースから奥に向かい、隘路を通り裏に抜ける。そこから大通りに出て道を二度ほど曲がって、また隘路に至る。

観月は足を止めた。

オリーブ、ユーカリ、トネリコ、レンギョウ、薔薇や紫陽花に守られるような小さなスタンド看板には、仄明かりが灯っていた。

営業中のようだ。

この夜、観月が最終的な目的としたのはまさにこの、〈Ｂａｒ　グレイト・リヴァー〉だった。

仄明かりのスタンド看板を真っ直ぐ目指し、そのまま真っ直ぐに階段を降りる。

お客はいないだろうと踏んでいた。いることの方がはるかに少ないと、美加絵も教えてくれた。

だから気にせずドアを開けた。

美加絵のもとを訪れたのは、遠い親戚だと聞いたグレイト・リヴァーのマスター、高木明良について聞きたかったからだ。

教えてもらえることは少なかったが、少ないということと足りないということはイコールではない。聞きに行ってよかったと思えるくらいには、美加絵はその〈従兄《いとこ》〉について話してくれた。

「こんばんは」

「いらっしゃい」

マスター、高木明良はいつもの位置、いつものスタイルで迎えてくれた。

観月はいつもの席に着くなり、

「〈蝶天〉には確認しました。京香さん、お店に出てないそうです。電話も繋がらないって。あなたなら彼女がどこにいるか、知ってますか」

話の枕もなく、〈作った〉笑顔もなく、そう切り出した。

「さあ」

さすがに多少のことでは動じないか。マスターは表情一つ動かさなかった。

「私が京香さんのお店って言っても、驚かないんですね」

「聞いたからね。京香から」

「へえ。そうですか。なんて」

「きっとそっちに行きます。私も、この店を離れます、だったかな」

何を呑むかね。

口調は砕けたものに代わったが、穏やかだった。

ここがタイミングだったろう。

そう見極め、

「オープンハートを超えるカクテル」

宣戦を布告するに等しい言葉を、観月は口にした。

マスターの目が光った。

常なる光ではなく、常人ではまた有り得ない光だった。

やはり、尋常一様の男ではない。

「本当かな。本当に出してもいいと」

「そちらこそ、言われて今、本当に出しますか。京香さんのゲートウェイを超える、恐らくは」

覚せい剤、それから阿片、コカイン、ヘロイン。

観月は知る限りを羅列した。

それにしても、言葉は口にしても現実から遠かった。

どれも、自分の生きてきた世界には存在しない物だ。異物だ。

(いいえ)

丹田《たんでん》に気を落とし、気を練り、心身を引き締める。

きっと、呪文なのだ。現実感には乏しくとも、唱えた瞬間に現実にすり替わる、置き換わる。

少なくとも、現実は今までと同じ現実では有り得ない。

特に、

――夜はね。闇への入り口だ。闇への扉が簡単に開く。気を付けるんだね。

純也の言葉を肝に銘じる。

「マスター。ですよね」

「ほう。そこまで言い切るからには、何か証拠でもあるのかな」

「いいえ」

観月は頭を左右に振った。

ショートボブの髪の裾が首筋を撫でる。

頼りないが、唯一それが実感として今の現実であることを伝える。

「証拠なんか持ってませんし、そもそも私は警察ではありません」

マスターはおそらく、笑った。

「潔いね。ただのテニスコーチではないとは思っていたが、君は何者かな。ただのホステスでもないだろうし」

「そうですね。ただの学生です」

「ふうん。今日びの学生は、怖いものだ」

「怖いと思う感情は結局、自分自身の内面にフィードバックされるものです。他人は何も寄与しません。ましてや、私は学生ですから。ただの」

マスターは答えなかった。

なぜ、そんな物に手を出したんですかと聞いてみた。

「報酬。それ以外に、何があるというのかね？」

言いながら観月に背を向け、マスターは棚に手を伸ばした。何かを探すようだ。

「そうですね。弱い者苛《いじ》め、とか」

「趣味ではないが、答えとして悪くはない。そう。合法だろうと違法だろうと、ドラッグはおしなべて、弱い者が買うのだよ。そして、離れられなくなるのだ。離れられなくなって、どうしようもなくなって、そして、人によっては身を堕《お》とす。身を売る。これは、ひとつのビジネスだ」

「なるほど。──いつからそんなことを」

「この春から、だね。それまで、小売りなんかしたことはなかった。ヤクザも上海マフィアもここに出入りはしたが、そう、この前、君に聞かれたね。あれは本心だ。ここはバーテンダーとしての、私の城だった」

マスターはボトルを選んで向き直り、まずミキシンググラスを自分の前に置いた。

そこに氷を、静かに転がす。


カラン──。

店内が一瞬にして、装いを変えたような気が観月にはした。

いつもの〈Ｂａｒ　グレイト・リヴァー〉でありつつ、何か、空間に漂うものが異質だった。

マスターとして何かを作り、高木明良として何かを語る。

ここからはもしかしたら、そういう男のそういう空間かもしれなかった。

二十八

「昔、中国で世話をしたことのある男が、この店に顔を出した。上海の黒社会に繋がる男だ。そいつが、なかなかいい土産を持っていた。それが新しい脱法ドラッグ、君の言う、京香が扱っていたゲートウエイだ。〈試供品〉だと犬々、いや、持ってきた男は言った。ちょうど、引退しようかと思っていたときだった。ひっそりとここを閉めるだけのつもりだったが、ふと思いついてね。私はこの銀座だけでなく、各所のナイトクラブに推薦した弟子たちに声を掛けた」

高木はメジャーカップで材料を量ってはグラスに入れ、量ってはグラスに入れ、それを都合四回繰り返した。

「ひと垂らしでもゲートウェイを混ぜれば、留まらなかったときに行き着く果てはどうなるか。それは誰しもに明らかだ。無理強いはしなかった。私は、乗ってきた弟子にだけ〈試供品〉を渡した。すべてにおいて五分五分だよ。利益も折半だ。私だけが暴利を貪っていたわけではない」

四種類の材料を入れたグラスを、高木は真剣な目で見つめた。

それからバースプーンを落とし、ゆっくりとステアする。

撫でるように、奏でるように。

「私はうらぶれた人生の果てに、故郷に帰りたいと思った。遠い遠い故郷だ。距離だけではない。時間も遠い」

「中国だと聞きました」

高木は、一瞬だけ目を観月に動かした。

「聞いた？」

「ええ」

観月は頷いた。

「美加絵さんから。長い話ではなかったですけど、簡単な話でもなかったです」

「そう。あの娘からね」

苦笑い、だったろうか。

高木はまた、視線をステアのグラスに落とした。

「私は故郷を想い、弟子たちは独立したい、あるいはこの道から抜けたいと思っていた、と思う。とにかく、欲するものは誰もが一緒だった。まとまった金だ」

「そのために、他人の人生を狂わせても、ですか？」

高木はすぐには答えなかった。

ストレーナーをミキシンググラスの縁にはめ、カクテルグラスに注ぐ。

左の手首で月と星が鈍く光った。

どうぞ、と言って観月の前にカクテルグラスが供された。

グラスの鮮やかなバラ色は、一度見たことがあった。

手順も分量も、観月は知っていた。

「これは、京香さんの」

高木は満足げに頷いた。

「そう。京香のオリジナル・ツー。〈ブルーム〉だ。もちろん、〈試供品〉などは入っていない」

ステムを摘まみ、観月は口をつけた。

思わず目を見開いた。

爽やかな味わいが深い。

鼻から抜けるエッセンスが濃い。

同じ手順、同じ分量にして、その風味は桁違いだった。

これが、一流のバーテンダーの腕というものなのか。

「いいね。君の無表情を少しだけ割れた。自慢になる」

高木は少しだけ笑い、それが答えのようなものだと言った。

「一夜の夢。それをこそバーテンダーは作る。結ぶ。アルコールとドラッグと、そこにはなんの線引きもない。そもそも、アルコールもドラッグの一種だ。一夜の夢。京香は一炊の夢と言った。その夢の先に何を見るかは、その人次第。地獄を見るか、天国を見るか。あるいは夢から醒《さ》めて留まって、人の道に戻るか。それは私は知らない。私たちの関知するところではない」

「夢、ですか」

高木は今度こそ、答えなかった。

ただ、

「京香のことだが。あいつがどこに行ったのかは本当に知らない。だが、これだけは言える。――あいつは、なんら法に触れることはしていない」

「わかってます」

「それでも、君が来たら、とな。伝えてくれと言われた言葉がある」

「なんでしょう」

ごめんね。

高木は、そう言った。

「ああ。京香さんが。そうですか。——十分です」

観月はスツールから立ち上がった。

高木の目が、静かに観月の動作を追っていた。

視線を、高木に合わせた。

真っ直ぐに見詰めてくる目だった。

これが、〈売人〉と呼ばれる者の目なのだろうか。

観月にはわからなかった。

わからないことに興味が湧いた。

学生だからか。

——十年後なら、駄目出しするだろうね。でも今は、学生だからね。好奇心も探求心も、それが若さの本分さね。

そう、〈四海舗〉の松子が言ってくれたことを思い出す。

学生の興味は、なにものにも勝ると、そう思えば心の奥底が疼いた。

自身の学生であること、その若さを笑う、自嘲、苦笑の類だったろうか。

心の中が、軽かった。

「マスターはこの後、どうしますか」

聞こうかどうしようかと、考えるより先に口は開いていた。

「さて。君はどうして欲しいのかな」

観月は肩を竦めた。

「わかりません。警察に通報するというのも一つの手ですけど、こういうのは現行犯でないと逮捕が難しいとか」

「ほう。よく知っているな」

「法学部ですから」

「なるほど。学生だったね」

「ええ。だから、特に私に何が出来るとかは考えませんし、何をしようとも思いません。ただ、私はこの件に関して、そもそも〈蝶天〉のオーナーに頼まれて動きました。何も言わずに辞めるキャストが多い。それはどうしてなんだろう。〈蝶天〉の一体、何がいけないのだろうかって。まあ、それがこういう結論に辿り着くとは、さすがに思いませんでしたけど」

高木はやおら、カウンターの上に手を伸ばし、観月が干した空のグラスを下げた。

「だから、〈蝶天〉のオーナーにだけは報告します。お店に問題があったわけではないと。その後、オーナーが、いえ、宝生グループが、この件をどう受け止め、どういうアクションを起こすのか。それは、私の考えの及ぶところではありません」

「そうか。――まあ、そうだな。いいね。簡潔だ。気持ちがいいほどに。無表情もいい。言葉がストレートに伝わる」

「それ、褒めてますか」

「もちろんだ」

「有難うございます」

観月は頭を下げた。

下げて上げ、ご馳走様でした、と言って踵《きびす》を返した。

「あっと。いけない。忘れてました」

一度立ち止まる。

「ここは美加絵ママが、今日も付けでいいって言ってくれましたので」

「ああ。そう。私は奢りでもいいと思っていたがね。払ってくれるというのなら、貰っておこうか。従妹《いとこ》から」

高木はシンクに目を落とし、銀の蛇口を捻った。

「ただ、付けはいいが、君は、このまま無事に帰れると?」

「帰れませんか?」

おうむ返しに聞いてみたが、高木からすぐに返事は返らなかった。

高木は、グラスを一心に洗っていた。

観月は無言で頭を垂れ、ドアに向けて歩を進めた。

そのスニーカーが磨き抜かれた床に擦れ、一度鳴った。

耳障りな反響の中で、水音が止まる。

「ああ。そうだね」

高木の声が、観月の背に降り掛かるようだった。

振り返れば、高木は布巾《ふきん》でグラスを拭いていた。

「ここは出られる。間違いなく、ね」

まずはそう言った。

客として訪れたときにも聞いたことのない、柔らかな口調だった。

諭し聞かせるような、と言っても過言ではないだろう。

「ただ、上の道は、本物の夜の世界はね。君の言葉を借りるなら、私の考えの及ぶところではない」

「――それって、教えてくれてるってことでしょうか」

「取り方による。危険は誰の身にも常にあるからね。特に夜は。――銀座の夜は」

「有難うございます」

「なぁに」

高木は顔を上げ、そして笑った。

初めて見せる、この男の晴れ晴れとした笑顔だったろうか。

「ここはバーテンダーとしての私の城だったが、ヤクザとかね、特に上海の連中は、何を出しても、なんの感想も言わなかった。それこそ、美味い不味《まず》いの一言さえね。来ては浴びるように酒を呑んで、口を開けばただ金の話、薄汚い商売の話。その繰り返し、積み重ねばかりだ。――君は、そんな私のカクテルを素直に褒めてくれた。これは、バーテンダーとしての、せめてもの礼だ」

観月は頷き、頭を下げ、無言でドアノブに手を掛けた。

二十九

階段を上がると、鉢植えが騒《ざわ》めいていた。

いつの間にか、風が出ていたようだ。かすかに草花の匂いも混じった。

「さあて」

観月はワンショルダーバッグを揺すり上げ、足を踏み出した。

そのときだった。

向かう通りの方にのそりと、それこそ隘路の出口を塞ぐように立つ影が現れた。

と同時に背後、隘路のさらに奥の暗闇に湧き上がる気配もあった。

数えるなら正面に二つ、背後に三つの気配だったろう。

どちらも、直前まで微塵も感じられなかった気配だった。

そのくせ、湧き上がったときにはすでに、剣呑さを備え、嚙み掛からんばかりの獰猛《どうもう》さを湛《たた》えていた。

臨戦態勢、というやつだったろうか。

その溢れ出る獰猛な気配は、花椿通りにいた半グレの比ではなかった。

正面に立つ細身で長身のシルエットが、一歩隘路に踏み込んできた。

「あの店はよ。俺らぁ、気に入ってんだ。何をすんにもよ。便利だったんだぜ。それをよ、勝手な評判流されて目ぇ付けられんなぁ、勘弁だぜ」

〈鍛え〉を窺わせる声は、口調こそ前回よりさらに荒々しかったが、あの男だった。

ドミトリー近くの緑道で観月を待ち伏せした、あの男で間違いない。

「ああ。あなたって、上海の人だったんですね」

確信があるわけではないが、聞いてみた。

反応は、前後の全員から陽炎《かげろう》のように立ち上がった。

声にならない、いや、声にしない笑いだった。

「へえ。そんな辺りまで知ってんだ。出所ぁ、〈ラグジュアリー・ローズ〉か、ここのマスターか」

「さあ。どっちだって言ったら、あなたのお気に召します？」

「なんだかよ。そんなもんはどっちでもいいや。どっちも、端《はな》っから沖田の息が掛かってるしよ。そんな危なっかしいもんにゃあ、手出しは出来ねぇ。けどよ、あんたぁ別だ。あんたぁ、なんの関係もなしによ、随分とまた、好きにやってくれたもんだよなあ」

言って最後に、男は右腕を差し上げた。

それが合図だったのだろう。

男を筆頭に、五人が五人ともにゆっくりと動き出した。

次第に、獰猛な気配がさらに獰猛さを増しながら濃密に凝《こご》ってゆく。

「俺らはな、日本のヤクザより、はるかに面子を大事にするもんでな。このままってなぁ、ねえんだよ。――この間、あんたに忠告した言葉、覚えてるよな」

答えはしないが、覚えている。観月にとっては異世界の言葉だった。

――次に会っちまったときにはよ、殺し合いになるって、それだけの話だ。

バカみたい、とそのときは切って捨てたが、そんな異世界は、今まさに観月の現実を侵食しようとしていた。

前からも後ろからも、音もなく声もなく、ただ影が迫った。

留まるところなくさらに純化してゆく気配は最早《もはや》、殺気の類だった。

五つの殺気が、濃くも怪しくも観月を包んだ。

と――。

「まったく」

片手を上げ、観月はマッシュ・ボブの頭を掻いた。

それだけで殺気の包囲に穴を開ける。

拍子の妙、合気の絶妙だ。

「どうあっても、ただで通してはくれないみたいね」

男たちの動きが一瞬止まる。

観月は小さくひとつ、呼気を吐いた。

右足を前に進め、少し膝を緩めて右手を乗せる。

それで観月は、形より入り、形を修めて形を離れた。

静中の動、動中の静を自得し表す、即妙体の完成だ。

小道を吹き流れる風が、自身の身体に巻き付いて浮揚させる感じがあった。

体勢も不動心も、十分だった。

足元のスタンド看板の仄明かりが、それだけで温かい。

闇にも異世界にも落ちはしない。

関口流古柔術は、現《うつつ》に汗を流す〈鉄鋼マン〉から教わった現の技だ。

現に生きるものを助くる技だ。

「さっさと済ませるわよ」

男たちの殺気が揺れた。怒りが増幅されたようだ。

「おらっ！」

正面の男の、そんな掛け声が呼び水となったか。

前後の殺気が波となり、前後からほぼ同時に観月を襲った。

浴びせられる殺気はまるで冷たい針のように感じられた。

だが――。

足元の小さな温かさだけで、観月は全体を受け止めた。

それだけで十分だった。

かすかでも現実に繋がりや手掛かりが感じられれば、関口流古柔術の技は決して負けない。

観月は無発の気合いを掛け、後の先を取るべく起動した。

男たちには間違いなく、立ち回る観月の動きはわからなかっただろう。

観月の動きは松籟を呼ぶ風であり、止めどない流水だった。

背後から迫るひとつの気配が、一番近かった。

（まず、それを潰すっ）

観月はスタンド看板を飛び越え、グレイト・リヴァーの壁を蹴ってその最前の気配、ずんぐりとした男の前に立った。

いや、立つという表現は正しくない。

立つと同時に、立つとも意識せず、観月は動いていた。

観月は立つという動作の中に、無意識のうちにずんぐりとした男を巻き込んですでに技を発動していた。

立った瞬間に、観月の腰を捻った位取りは、すでに投げを打つ体勢に十分だった。

宙に舞ううちから男の襟を取り、着地と同時に前に崩して担ぎ上げた。

「せっ」

拍子が合えば人は簡単に宙を飛ぶ。

重心を崩せば、自重を持て余してどんな大男も自ら跳ね上がる。

容赦はしない。

観月は跳ね上がった男の遠心力が最大になる辺りで、わざと手を放して放り出した。

飛んだ先で当たり処が悪ければ、当然大怪我をするだろう。容赦をしないとはそういうことだ。

そのまま襟を持って真下に落とせば頸骨《けいこつ》のダメージも大きく必殺になる。

関口流古柔術とは、本来そういう技の集大成だ。

だが、現実世界において、そんな必殺は必要ない。だから加減はする。容赦さえしなければ、必殺のない古柔術は活人の技として神域を得る。

「うおっ」

驚愕を声にして逆しまに飛ぶ男を追うように走る。

男によって前方に大きな隙が出来るはずだった。

正面の長身の前に、脇から別の一人が立った。観月が投げた男を受け止めて落とし、飛び越えて前に出てくる。

無言で蹴り出す左足を、観月も咄嗟に左足に重心を移して避け、と同時に右の肘を振って男の左胸を打つ。

手応えは十分だった。

男は心拍を詰めるか、良くても息を詰めるだろう。

男は苦悶《くもん》の表情でよろめき、尻もちをついて先に横たわるずんぐり男とひと塊になった。

観月はその前に、悠然と立った。

あとは前方に一人、後方に二人だ。

まず前方、件の男の殺気が尖った。まるで氷の礫《つぶて》だった。

丹田に気を落とし、観月は耐えた。

そのとき、多分、男の携帯が振動した。

「ちっ。んだよ」

男が一歩引き、携帯を取り出した。

月無き夜の小道に光が舞い散った。

画面を見て、男は慌ててさらに一歩引き、通話にした。

「はい」

表情にすぐ、驚愕が浮かんだ。

「――えっ。――あ、本郷っすか」

男が携帯を切った。

すぐに闇が訪れた。

いつの間にか、正面の男から殺気どころか、剣呑な気さえもうなかった。

「止《や》めだ」

観月に言ったものか、背後の男に言ったものか。

いや、どちらにもだったか。

背後の男たちは無言ではあったが、正面の男の命じるままに、瞬く間に気配自体を消し、闇の中に退いていった。

ある意味、鮮やかなものではある。

「どういうこと？」

「なぁに。あんたには関係のねぇ話だ。闇の中の、柵《しがらみ》の話でよ。オラッ。オラッ」

男は前に出て、地べたに横たわる二人を蹴り起こす。

「ただよ。あんたもこれっきりで、闇ん中に素手を差し入れるようなことは止《よ》すんだな。学生は学生らしくよ、昼間の世界でだけ生きてりゃいいんだ。そう。温《あった》けえ世界に、帰んな」

男も起き上がった二人を叱咤《しった》し、去っていった。

隘路にそれで、静寂が戻った。

草木が風に揺れ、騒めいた。

スタンド看板の仄明かりが、それらの影を揺らした。

観月は時計で時刻を確認した。

午前零時を回っていた。

「信じるわけじゃないけどさ」

直前の一件を以て、どうやら仏滅の一日は終わったようだった。

三十

土曜日、二十日の午後だった。

この日、観月は一人、〈四海舗〉の中庭にいた。

綿雲が天の高くを流れる青空で、南から吹く風は朝から終始、そこはかとない温かさを東京に運んだ。

いい天気だった。

観月は円卓を囲む椅子の一脚にゆったりと足を組み、目を閉じていた。

眠れるものなら眠ろう。

そうも思って、目を閉じた。

観月のこの日の格好は、黒のパンツスーツに白のカッターシャツを着て、紺一色のスリム・タイを締め、足元はといえば、黒革のショート・ブーツを履いていた。

よく見れば珍しい部分もあるが、全体的な見た目はいつもと同じというか、ジーンズにTシャツにブルゾンの通学スタイルとあまり変わらない。

ただ、多少厳しいドレスコードの店に入ったとしても、睨まれるかもしれないが一応ギリギリ、すり抜けられると思われる程度には、本人なりに気を使った出で立ちだった。

　五十歩百歩な見た目はどうあれ、普段着と比べればやはり、動きに制限のあるパンツスーツは窮屈な印象だった。

　それで、今までも持ってはいたが滅多に着たことはないが、最近は夜になると、さらに窮屈この上ないキャバ・ドレスなるものを必要に駆られてよく着ていた。あまつさえ、〈盛って〉もいた。

　改めて、着てみるとわかる。

　そんなドレスに比べれば、パンツスーツの着心地は遙かに普段着に近く、ほぼ変わりないと思えるほどに自在だった。

（ま、これも、〈蝶天〉でのアルバイト、いえ、社会勉強の賜物かな）

　この日を境に、これまで以上にパンツスーツを多用しそうな手応えを観月は感じていた。

　社会人になっても、きっとこの服装は便利だろう。

　そんな結論に達したところで、ゆっくりと目を開ける。

　西からの陽に円卓の半分が朱く、残り半分がうっすらと暗かった。

　いつの間にか、陽射しの向きが円卓上で反転していた。

　少し眠った、いや、眠れたようだった。

　大きく伸びをする。

円卓上のティーカップに手を伸ばす。

温かく淹れてもらったはずのジャスミン茶は、クリスタルの器の中ですっかりと冷めていた。

屋根の上で、集まる雀《すずめ》の鳴き声がした。

それにしても、いい天気だった。

加えて言えば、仏滅でもない。

〈Jファン倶楽部〉員としては、待望のサロンの日として格別、絶好、至高の日和と言えた。

「世は事もなし、か」

冷めたジャスミン茶を飲み、振り返る。

ただ請われてアルバイトに出ただけ、にしては、随分と濃い一か月余りになった。

事もない世とは大違いの日々だった。

普通に生きていては出来ない経験の数々は、得難いとも思える半面、日常とあまりに懸け離れて、得る必要がある経験なのかと問われれば、答えに窮する一面も持つ。

常に危険と隣り合わせだった気もするが、それはまあ、観月が勝手に足を踏み入れたから、と言えなくもない。普通の人間なら尻込みして引き返す一線を、観月は気にすることなく踏み越えた。

あるいは、飛んで越えた。
その最後の一幕として、前夜、観月は一人でふらりと、〈Ｂａｒ　グレイト・リヴァー〉に行ってみた。
正確には、〈Ｂａｒ　グレイト・リヴァー〉のあった場所にだ。
スタンド看板は鉢植えの間に出ていたが、金曜日の晩にも拘らず、電源は入っていなかった。
地下に降りる壁のランプは、恐らくビル共用部の電気で灯っているようで点《つ》いていた。
その明かりを頼りに、地下一階に降りてみた。
店内には人の気配は感じられず、曇りガラスの向こうは暗かった。
ドアは閉まり、張り紙が出ていた。
〈都合により、閉店します
　長らくのご愛顧、感謝致します
　Ｂａｒ　グレイト・リヴァー
　　　　　　　　　　高木　明良〉
前夜、木曜深夜の出来事の報告は、午前中のうちに宝生裕樹に上げておいた。

さすがに、裕樹も事態の深さに一瞬絶句していた。

事後の諸々は宝生エステートというより、裕樹の父・宝生信一郎に任せることになると裕樹は溜息交じりに言った。

——僕はまだまだ、小さくて弱い。

身を以て知った、ということか。ただ、脱法ドラッグに禁止薬物、それにヤクザや上海黒社会まで登場すれば、たしかに裕樹一人の手に負える、あるいは、負っていい案件ではなかったろう。

素直にそのことを認めた上でさらに、

——了解。有り難う。なんていうか、すまなかった。

と、電話口の向こうで裕樹は言った。

何がでしょう、と聞くと、全部だと裕樹は答えた。

——甘く考えていたのかもしれない。夜のビジネスも、夜の世界も。そこに君を巻き込んだ。危ないことはさせないつもりだし、覚悟もあると言ったが、僕の言ったことは全部、ただ口先だけのことだった。僕はもっともっと、学ばなければならない。有り難うは、この一件の結果についてだけじゃない。僕の未熟を気付かせてくれたことへの、感謝の言葉でもある。君に頼んでよかった。本当に、君でなければ出来ないことで、君でなければ、取り返しがつかないことになるところだった。もう一度言うよ。

有り難う、と、そう言って裕樹は電話を切った。

本当に、随分と濃い一か月余りだったが、その言葉だけで報われた気がした。

人からの感謝、労《ねぎら》いの言葉は、エネルギーになると実感した。

と、店内への扉が開き、松子が中庭に出てきた。

大きな紙袋を両手に提げていた。

二つの中身はどちらも、〈四海舗〉自慢の大月餅と芝麻球のセットだ。この日に予定されたサロンで、会長として大盤振る舞いするつもりだった。

「しかしさあ。いくらなんでも、二百個も必要かね」

松子が言う二百個は、合わせて二百個ではない。

大月餅と芝麻球、それぞれ二百個だ。

「決まってるでしょ。だからそういう注文したんだし。どっちも美味しいし」

「そりゃ有り難いさね。けどさ、サロンって、要は女子会だろ」

「えっ。そりゃさ、ほぼそうだけど」

「作っといて売っといてなんだけど、こんなにさ、誰が食べるんかね？」

一瞬だけ、観月は考えた。

いや、振りかもしれない。言われて気付く。

大月餅と芝麻球を両手に持ってかぶりつく姿は、他の女子では想像出来なかった。

前会長の大島楓でも無理だ。まあ、楓の場合、胡坐《あぐら》でビールジョッキを傾け、膝を叩く姿は楽にイメージ出来るが。

「誰がって言われると」

二百個から一個を取り出し、包みを開く。

味見というか、結果的にこれを二百回近く繰り返す気がする。

「そうだねえ。ほとんどやっぱり、私かなあ」

松子がふん、と鼻を鳴らした。笑ったのかもしれない。

「そういえば、夜のアルバイトはどうするんだい」

「それはもう、本当に終わりだよ。私の本分は学問、学生であることだからね」

松子は頷いた。

「どこかのドミトリーで、鈴木の誰かが言ってた気もするけど、それがいいさね。そうでなきゃ——」

助け舟の甲斐もない、とか呟いた気がしたが、声はあまりにか細く、はっきりとは聞き取れなかった。

ちょうどそのとき、観月の携帯が振動した。

裕樹からだった。

それはいいが、味見中で両手は忙しかった。

小指の先でスピーカにした。

「はい」

――今、どこだい？

「えっと。〈四海舗〉ですけど」

――それでか。いや、今さっき、君と約束した分のってことなのかな。お店から請求が来てね。

それで、こっちも今までのアルバイト代の計算がまだだったことを思い出した、と裕樹は言った。

――遅くなってすまないが、集計が確定したものでね。二十日分の通常の金額に、君の場合は指名や同伴の歩合も、その他の〈手当〉もつく。

「はあ」

〈手当〉とはつまり、盛った分ということだろう。

――それを合算するとね。

その後、裕樹がとある数字を口にした。

！

！

観月は瞬間的に固まった。

月餅を頬張った口を動かすのを忘れたくらいだ。虚を突かれたと言ってよかった。

「ほえ」

我ながら情けない声と月餅の欠片が口から出た気がしたが、よくわからない。

それほど、よくわからない金額だった。

あまり深く考えていなかったのも事実だが、度を越えていた。

観月の想像の倍以上あった。

――不満かい。

「ととと」

とんでもありません、と、何故か椅子から立ち上がって観月は直立不動になった。

――そう。それは良かった。まあ、それはそれとして聞きにくいんだが、その。

「なんでしょう」

――〈四海舗〉の請求だが、あれは食べ放題一年分の、その、何か月分かな。

「何か月なんて。そうですね」

たかだか三日分です、と答えた。

この答えと裕樹の溜息の間に、タイムラグがあったかどうか。

――どうだろう。もう一度会って、話さないか。

「えっ。とは」

――〈四海舗〉の件もそうだが、あれからも君を指名したいって奇特、いや、物好き、おっと――いいお客さんが何人もいてね。偶にでいいんで、これからも出る気はないかと思っているんだ。嫌なら無理にとは言わないけど、もちろん、これまで以上に時給のことは考えるつもりだが。

喜んで、と言ったのは果たして、観月の口だったか。

自分では自覚はなく、不確かだ。

ただ、松子が冷ややかな目で見て、

「阿呆くさ」

そう言って、そそくさと円卓を離れていった。

時系列で読む！
鈴峯紅也の警視庁JKQシリーズ
（2023.7現在。順番は刊行年月と異なる場合があります）

1　警視庁公安J
2　警視庁公安J　マークスマン
3　警視庁組対特捜K
4　警視庁組対特捜K　サンパギータ
5　警視庁組対特捜K　キルワーカー
6　警視庁公安J　ブラックチェイン
7　警視庁監察官Q
8　警視庁公安J　オリエンタル・ゲリラ
9　警視庁組対特捜K　バグズハート
10　警視庁公安J　シャドウ・ドクター
11　警視庁組対特捜K　ゴーストライダー
12　警視庁監察官Q　メモリーズ
13　警視庁公安J　ダブルジェイ
14　警視庁組対特捜K　ブラザー
15　警視庁監察官Q　ストレイドッグ
16　警視庁公安J　クリスタル・カノン
17　警視庁組対特捜K　パーティーゲーム
18　警視庁監察官Q ZERO

警視庁《けいしちょう》監察官《かんさつかん》Q《キュー》 ZERO《ゼロ》　朝日文庫

2023年7月30日　第1刷発行

著　者　鈴《すず》峯《みね》紅《こう》也《や》

発行者　宇都宮健太朗

発行所　朝日新聞出版
〒104-8011　東京都中央区築地5-3-2
電話　03-5541-8832(編集)
03-5540-7793(販売)

印刷製本　大日本印刷株式会社

Published in Japan by Asahi Shimbun Publications Inc.
定価はカバーに表示してあります

ISBN978-4-02-265106-8